AF197909

Tucholsky Wagner Zola Scott Sydow Freud Schlegel
Turgenev Wallace Fonatne

Twain Walther von der Vogelweide Fouqué Friedrich II. von Preußen
Weber Freiligrath Frey

Fechner Fichte Weiße Rose von Fallersleben Kant Ernst Richthofen Frommel

Fehrs Engels Fielding Hölderlin Eichendorff Tacitus Dumas
Faber Flaubert Eliasberg Ebner Eschenbach

Feuerbach Maximilian I. von Habsburg Fock Eliot Zweig
Ewald Vergil

Goethe Elisabeth von Österreich London

Mendelssohn Balzac Shakespeare Dostojewski Ganghofer
Lichtenberg Rathenau Doyle Gjellerup

Trackl Stevenson Tolstoi Hambruch
Mommsen Lenz Droste-Hülshoff
Thoma Hanrieder

Dach Verne von Arnim Hägele Hauff Humboldt
Reuter Rousseau Hagen Hauptmann Gautier
Karrillon Garschin Baudelaire

Damaschke Defoe Hebbel
Descartes Hegel Kussmaul Herder

Wolfram von Eschenbach Dickens Schopenhauer Rilke George
Bronner Darwin Melville Grimm Jerome Bebel

Campe Horváth Aristoteles Proust
Bismarck Vigny Barlach Voltaire Federer Herodot
Gengenbach Heine

Storm Casanova Tersteegen Gilm Grillparzer Georgy
Chamberlain Lessing Langbein Gryphius

Brentano Lafontaine
Strachwitz Claudius Schiller Kralik Iffland Sokrates

Katharina II. von Rußland Bellamy Schilling
Gerstäcker Raabe Gibbon Tschechow

Löns Hesse Hoffmann Gogol Wilde Gleim Vulpius
Luther Heym Hofmannsthal Klee Hölty Morgenstern

Roth Heyse Klopstock Kleist Goedicke
Luxemburg Puschkin Homer Mörike

Machiavelli La Roche Horaz Musil

Navarra Aurel Musset Kierkegaard Kraft Kraus
Nestroy Marie de France Lamprecht Kind Kirchhoff Hugo Moltke

Nietzsche Nansen Laotse Ipsen Liebknecht
Marx Ringelnatz

von Ossietzky Lassalle Gorki Klett Leibniz
May vom Stein Lawrence Irving

Petalozzi Knigge
Platon Pückler Michelangelo Kafka

Sachs Poe Liebermann Kock
Korolenko

de Sade Praetorius Mistral Zetkin

Himmelwärts und andere Prosa aus dem Nachlaß

Odön von Horváth

Impressum

Autor: Ödön von Horváth
Umschlagkonzept: toepferschumann, Berlin

Verlag: tredition GmbH, Hamburg
ISBN: 978-3-8424-0612-4
Printed in Germany

Text der Originalausgabe

Ödön von Horváth

Himmelwärts und andere Prosa aus dem Nachlaß

Auszüge aus dem Supplementband I zur Kommentierten Werkausgabe in Einzelbänden des Suhrkamp Verlages

Prosaskizzen

Also gut, ich will Dir das alles erzählen

Also gut, ich will Dir das alles erzählen, aber Du mußt mich aus-
reden lassen. Ich kenn Dich nämlich, Du unterbrichst einen immer,
wenn man nur ein bißchen was ausschmückt, aber das muß man
doch, sonst wird ja am Schluß alles dasselbe. Es ist dann zuguter-
letzt doch ganz gleichgültig, ob ich nun verheiratet bin oder schon
gestorben, oder ob sie mich begraben haben oder ob ich mich von
der Brücke herabgeschmissen hab. Da fällt mir ein, daß sich die
Clementine den Gashahn aufgedreht hat, man hat sie dann abtransportiert, aber sie ist verstorben ohne das Bewußtsein wiedererlangt
zu haben. Sie hat sich vor lauter Liebeskummer umgebracht. Ihr
Mann nämlich hat sich mit anderen Weibern herumgetrieben, das
hätt ja noch nichts gemacht, aber er hat sie angesteckt und da haben
es halt ihre Nerven nicht mehr ausgehalten, sie hat den Hahn offen
lassen, sie war allein in der Wohnung, weil sie ihn verhaftet haben,
wegen Hehlerei, er ist aber dann verurteilt worden, weil er bei einem großen Diebstahl Schmiere gestanden ist. Ich hab ihn nicht
gekannt, ich war nur beim Begräbnis, es war fast niemand da, das
war vor vier Jahren. Wie die Zeit vergeht! Jetzt bin ich schon drei-
undzwanzig und wir haben uns schon drei Jahr nicht gesehen! Ich
kann mich noch gut erinnern, wo wir uns das letztemal gesehen
haben, Du warst damals [ver]ärgert, weil ich mich verspätet hab,
aber ich kann wirklich nichts dafür, ich wohnte ja damals noch bei
meiner Tante, mit der bin ich jetzt zerkracht. Sie hat sich sehr gemein benommen, ich glaub sie hätt gar nichts dagegen gehabt,
wenn ich verludert wär, nur, daß sie mich los hat. Weißt Du, damals
so gleich nach der Inflation, da hab ich mal ein halbes Jahr nichts zu
tun gehabt und da wohnte ich bei ihr. Seit der Zeit haben wir uns ja
nicht gesehen, ich bin seit der Zeit verheiratet und hab einen Sohn,
der ist jetzt zwei Jahr alt, er lernt erst gehen und sprechen. Mein
Mann ist nett, er hat viel zu tun, er säuft auch nicht, das ist ja auch
verboten, denn er ist bei der Bahn. Er ist nicht auf Lokomotive, wir
haben ein Haus im Wald als Bahnwärter. Ja, es ist einsam, aber der
Wald ist schön und dann am Abend – – jetzt bin ich erst seit gestern
hier in der Stadt und ich möcht schon wieder nachhaus. Ist das

nicht ein Zufall, daß wir uns da treffen? Glaubst Du an ein Schicksal oder an den lieben Gott? Ich nicht, da bei uns der Pfarrer, das sind alles ganz furchtbare Halunken. Es ist ein reines Geschäft, der ganze liebe Gott. Da draußen am Dorf da haben sie noch eine große Macht. Da ist ein altes Mütterlein, das sitzt in der Kirche auf der Hurenbank, weil ihr Sohn ein uneheliches Kind war. Der Sohn aber ist jetzt schon Großvater und so sitzt die Urgroßmutter in der Hurenbank. Mein Mann geht nie in die Kirch, der Pfarrer hat ihn mal gefragt und da hat [er] ihn hinausgeschmissen. Der Pfarrer ist gegangen die Beichtzettel einsammeln, und da hat er überall Wein und Schnaps gekriegt, und wie er zu uns gekommen ist, da war er schon ganz besoffen. Mein Mann hat gesagt, was er wünscht? Wein, Sekt, Schnaps. Da hat der Pfaff gesagt, ich möchte die Beichtzettel, und da hat mein Mann gesagt, er hat keine.

Zwei Liebeserklärungen

I.

»Madame! Meine Liebe ist Sehnsucht nach Romantik und Wille zur Sachlichkeit.

Madame, ich möchte mit Euch in einem melancholischen Parke spazieren, [mich] in einem Urwald verirren – aber mitten in dem Urwald müßte ein breites Bett stehen, warmes und kaltes fließendes Wasser, fern von Külz, so lieblich schizophren müßte die Landschaft sein. Madame, ich bin verzückt, entrückt, verrückt! Bleibt! Bitte – Madame! Jedesmals, wenn Ihr Euch erhebt, überrieselt es mich, wie beim Klange der Marseillaise. Ihr seht so gottbegnadet majestätisch aus, eine blonde Aphrodite, wenn Ihr Euch erhebt – Bleibt sitzen! Bleibt, bitte! Ich will Euch doch noch erklären – das, was man nicht erklären kann. Wäre ich nur ein Dichter, würde ich dafür Reime finden, formvollendete, für das, was sich nicht ausdrücken läßt – aber so bleibt mir nur die Hoffnung, die bange, daß Ihr mich versteht, was ich nicht verstehe – Ja? – Nu eben – –«

(er küßt sie)

II.

Na, was ist denn schon wieder? Was ist denn los?! So sprich doch! Wie? (er steht vor dem Spiegel und kämpft mit dem Kragenknopf) – . Na los, ich kann es doch nicht erraten! Was hab ich Dir denn getan? Was? Wie? Ich hätte Dich nicht lieb? Aber Kind! – – wie? Ich liebte nur Deinen Körper – ? – Aber, aber! Seit wann kültz Du denn? Was? Also: Gut! Im Ernst: Abgesehen davon, daß ich Deinen Körper liebe, tatsächlich liebe, abgesehen davon – also: Wie bitte? Du lachst! Jetzt wird es mir zu dumm! Ja, was denkst Du denn?! Nicht genug, was ich für Dich tue? – – – – (er hält in seinem Krawattenbinden inne) Also, höre: Weine nicht! Weine nicht!

Ich kann das Geräusch nicht hören! – Du liebst mich? Meine »Seele«? Schön. Und ich liebe Dich. Der Mann hat Seele, die ist Körper. Mutter Erde. Verstehst Du? – Nein, das kannst Du nicht verstehen – – Und dann, wei[n]st Du, ich bitte Dich: Sprechen wir nicht mehr darüber. Ich meine, die Liebe ist etwas so Erhabenes, daß man es nur zu leicht entheiligt, profaniert. Man entheiligt das Göttliche durch unsere mehr oder minder doch nur barbarischen Laute – – – – man soll so etwas gar nicht in den Mund nehmen – – – –

Guten Morgen!

(ab)

Tanzstunde

Als ich tanzen lernte, war der Weltkrieg noch kaum vorbei. Ich ging damals in die Oberrealschule in Budapest. Unsere Schule lag in einer Seitenstraße, gegenüber lag das Gefängnis und weiter vorn der Justizpalast, es war also eine Straße der Gerechtigkeit.

Ich erinnere mich noch an meinen Tanzmeister, er hatte eine Perücke auf seinem Sattelkopf. Mit mir gab er sich wenig ab. Sein Sohn ist im Krieg gefallen und mir sagte er, ich sehe seinem Sohne ähnlich, und deshalb war ich ihm unsympathisch, weil ich ihn immer an seinen einzigen Sohn erinnerte. Er wollte mich auch deshalb immer in einen anderen Kurs stecken, das war ein Anfängerkurs, aber ich protestierte dagegen.

Trotzdem gelang es ihm, mich zu degradieren.»Sie lahmen ja!« schrie er mich an,»eins zwei drei. Eins zwei drei!« Ich bin nur froh, daß der Krieg vorbei ist, was glauben Sie, was der Erzherzog Josef sein Wort halten wird, eins zwei drei, eins zwei drei? Er hat doch auf die Republik geschworen (der Erzherzog Josef hat natürlich sein Ehrenwort gebrochen).

In Budapest erschien damals eine Zeitung namens»Budapester Misthaufen«. Der Redakteur war ein verkommenes Subjekt, aber er hatte entschieden Humor.»Erscheint wenns nötig ist«, stand auf dem Blatt. Der Redakteur schnüffelte überall herum nach privaten Geheimnissen, ging dann auf die Redaktionen in die Familien und gab es preis. Was zahlen Sie, wenn ichs nicht bringe?

Der junge Mann

Es ist Sonntag und ich habe soeben einen Zehnmarkschein gefunden. Zehn Mark ist enorm viel Geld, ich hatte nurmehr 2 Mark, und hätte noch vier Tage bis zum 1. auskommen müssen. Ich bin also gerettet, ich habe nun jeden Tag drei Mark zu verzehren. Da ich Miete, Essen, Trinken, Rauchen schuldig bin, auf der Trambahn schwarzfahre, so komme ich also aus.

Ich bin ein junger Mann. Es ist Frühling, die Straßen stinken, die Frauen sind bunt, die Anlagen grün – ich will in den Zoo gehen. Die gefundenen 10 Mark machen mich zum Casanova. Ich überlege: Es ist Frühling, die Sonne scheint, es wird aber bald regnen – auf alle Fälle: Ich brauche eine Frau. Was für Frau, weiß ich nicht. Ich habe keinen Typ. Mir gefällt jede. Ich bin nicht wählerisch, nur feig. Aber mit 10 Mark in der Tasche, da brauch ich keine Angst zu haben vor einer Tasse Café, sie kann auch zwei Kuchen essen – wenn ich ein Auto hätte, dann wär ich unwiderstehlich.

Also: Die erste Frau war eine große schlanke blonde Frau. Sie stand vor einem Käfig, in dem nichts drinnen war. »Es ist nichts drinnen«, sagte ich. »Nein«, sagte sie, »es ist wirklich nichts drinnen.« Wir schauten beide auf den leeren Käfig. »Es war vielleicht etwas drinnen«, sagte ich. Sie schwieg. »Ich glaube, es war etwas drinnen«, log ich. »Es wird vielleicht noch immer drinnen sein, ich habe gehört, daß etwas drinnen ist.« Ein Junge blieb stehen und guckte hinein. Immer mehr Leute kamen und guckten. »Was ist da drinnen?« frug ein Herr. »Es ist was drinnen«, antwortete ich. Die Frau lächelte und ging weiter. »Junger Mann«, frug eine dicke Frau, »wat is hier drinn?«

Es sammelten sich immer mehr und mehr Leute. Ich ging. Meine Blondine stand vor den Löwen. Der Löwe sah traurig aus. Vor ihr stand ein Herr, der bildete sich ein, den Löwen hypnotisieren zu können.

Marianne oder: Das Verwesen

Eine Novelle

Nach dem Tode löst sich der Körper auf: Er verwest. Die Verwesung gebärt neues Leben – die Seele schwebt in den Schoß eines mächtigen guten Vaters, behauptet der Aberglaube.

Es gibt aber nun einen Tod, der eintritt und der Körper lebt noch einige Jahre weiter, man verwest bei lebendigem Leibe.

Von einem solchen Fall will ich hier berichten. Seine klinische Diagnose lautet auf beginnende dementia praecox.

Mit Recht werden viele fragen, was geht dieser Einzelfall mich an? Aber er ist ein typisches Beispiel für den Kampf der Triebe gegen die Kultur. –

Ich hab Marianne vier Jahre lang nicht gesehen. Vor vier Jahren hatte ich mit ihr etwas. Sie war nervös, und einmal hatte ich sie verprügelt.

Nun sah ich sie wieder. Sie wusch sich nicht mehr, roch übel aus dem Munde, stank nach Schwein, verwahrloste sich.

Sie starb vor drei Jahren. An ihren Tod kann sie sich nicht genau erinnern.

Der römische Hauptmann

An einem Vorfrühlingstag nachmittags war die Exekution beendet. 33 Jahre nach Christi Geburt. Die drei Kreuze standen gegen den Himmel vor der Stadt. Das Volk, das der Exekution beigewohnt hatte, kehrte nach Hause zurück und unterhielt sich angeregt. Der Friseur Brantl sagte, er sei gegen die Todesstrafe. Es waren keine Kinder dabei, die wußten noch nichts von der bösen Welt. Und ein Liebespaar.

Die drei Leichen hingen an den Kreuzen. Es war ein politischer und zwei kriminelle Delinquenten.

Auch die Henker gingen nach Hause. Und die Soldaten auch, die die Ordnung aufrecht erhalten haben. An der Spitze der Herr Hauptmann, in einer feschen Uniform die Leutnants. Mit Musik.

Der Hauptmann war mit Leib und Seele Soldat. Er kümmerte sich sein Leben lang [um] nichts, als soldatische Bücher. Er hatte die Kadettenschule besucht.

Ansonsten war er unverheiratet. Er sprach wenig und war beliebt wegen seiner Gerechtigkeit.

Im letzten Krieg tötete er vierzehn Feinde in einer Schlacht, konnte aber keiner Fliege etwas zu leide tun.

Die Exekution war ihm peinlich. Er liebte derartige Schaustellungen nicht. Er war natürlich absolut für die Staatsautorität.

Hätte er Christus, den Nazarener, nicht hingerichtet, sondern wäre bereits Christentum gewesen, wäre er sicher ein Heiliger geworden.

Der römische Hauptmann hat es erkannt: Nicht Zweifel über die Berechtigung der Hinrichtung, sondern Zweifel daran, ob der Gekreuzigte nicht Recht gehabt hatte. Das Herandämmern einer neuen Zeit, der Untergang einer anderen.

Nie waren ihm solche Gedanken gekommen, aber jetzt standen sie plötzlich vor ihm. –

Zu Hause angelangt, zog er sich um. Dann ging er ins Kasino.

Dort traf er Kameraden.

Dann Schlaf. Soll er die Konsequenzen ziehen? Soll er Christ werden? Verzichten? Soll er den bunten Rock ausziehen?

Dann schreibt er einen Brief.

Dann geht er sich rasieren.

Dann Dienst.

Dann zum Tee zur Gräfin.

»Man sollte was unterschlagen«, sagte der Hauptmann, »nur weg! Weg!«

An dem Busen seiner Geliebten vergißt er die ganze Geschichte mit der Kreuzigung.

Ohne Geld

Man weicht mir aus.

Denn meine Schuhe sind zerrissen und mein Anzug ist auch nicht so ganz in Ordnung. Die Hose ist mir zu kurz, der Rock zu lang, der Hut zu klein, die Schuhe zu groß. Bis gestern trug ich noch eine Krawatte. Die war allerdings sehr schön und neu. Aber ich hab sie weggeschmissen auf Anraten eines Kameraden, der mir sagte: »Diese Krawatte muß logischerweise die Aufmerksamkeit eines jeden Gendarmen erregen. Sie paßt nicht zu Dir. Man sieht doch schon von meilenweit, daß Du sie gestohlen hast.«»In der Tat?« fragte ich. »Natürlich«, sagte er.

Er war ein alter, erfahrener Landstreicher mit über fünfzehn Vorstrafen. Es waren aber nur so kleinere Strafen, meistens Mundraub oder unberechtigtes Betreten fremder Grundstücke. Gewalttat war keine dabei. Er war ein alter, weiser Mann.

Ich folgte ihm, denn ich wollte mit der Gendarmerie nichts zu tun haben. Ich kenne die schon. Zweimal habens mich schon eingesperrt. Und wegen so einer neuen Krawatte – also das steht nicht dafür!

Ich schmiß also die Krawatte weg. Sie war zu schön für mich.

Es ist Mittag, und die Sonne scheint. Um die Mittagszeit ist es am besten, auf der Landstraße zu gehen, denn dann fahren die wenigsten Autos. Um die Mittagszeit herum essen die Autofahrer und dann ist die Straße am leersten und menschenwürdigsten.

Wir zwei, der Alte und ich, gingen nun über die Straße. Es war ein hügeliges Land.

Radfahrer kamen uns entgegen und überholten uns. Die Frauen sahen meistens starr und ängstlich an uns vorbei. Der Alte sah immer grimmig drein, dann hatten sie Angst. Das freute ihn.

Wir gingen nicht schnell. Es ist eine bestimmte Art, langsam zu gehen, wenn man weit kommen möcht. Und wir wollten weit kommen, hatten aber kein direktes Ziel.

Heut gingen wir noch nicht viel. So zirka fünfzehn Kilometer.

Wir hatten bei einem Bauern übernachtet. Er sagte uns, wir könnten übernachten, müßten ihm aber dafür am nächsten Tage beim Heu helfen. Wir sagten natürlich zu. Aber ganz in der Frühe schlichen wir uns heimlich davon und hauten ab.

Ins Heu sollten wir? Was denn nicht noch!

Wir werden doch nicht arbeiten, wir sind ja nicht blöd!

Ja, wenn man gleich eine Arbeit bekam, mit der man viel Geld verdienen könnt, dann natürlich schon! Aber das Geld reicht höchstens für ein Essen. Und das können wir uns auch erbetteln. Oder stehlen. Leider kann man sichs nicht stehlen, daß die Schuhe geflickt werden. Aber darauf legen wir auch keinen solchen Wert.

Die sogenannten anständigen Menschen, sie sollen uns nur ausweichen! Wir haben kein Geld, bekommen kein Geld und brauchen auch kein Geld!

Ich hab überhaupt noch nie Geld gehabt.

Seit ich mich erinnere, hatte ich immer nur das, was ich gerade gebraucht habe. Ich lebte immer von heut auf morgen. Auch bei meinen Eltern war das so. Mal hatte mein Vater Arbeit, mal nicht. Mal meine Mutter, mal nicht. Mal hatten beide nichts, mal beide. Dann hatte mein Vater einen Rausch.

Ich bin ein Findelkind. Eine alte Bäuerin hat mich gefunden, in einem Korb mit einem Zettel, daß die Mutter eine arme Frau ist. Das glaub ich ja nicht ganz. Vielleicht bin ich das Produkt eines Skandals.

Romanfragmente

Charlotte. Roman einer Kellnerin

Es waren drei Wochen vergangen seit dieser Redoute, der Fasching war aus, die Starkbiersaison begann, München flaggte zum Nationalfeiertag und es gab zwei Wochen hindurch täglich fünf- bis sechstausend Betrunkene.

Die Straßenbahnen konnten nicht weiterfahren, weil sich die Leute auf den Schienen auszogen, es wurden im ganzen zweiundzwanzig Leute erstochen, darunter zweiundzwanzig Norddeutsche, drei erschossen, einer hat sich selbst erschossen, aus lauter Gemütlichkeit. Die Leute standen von den Tischen nicht mehr auf, kotzten daneben hin, sangen: Deutschland, Deutschland über alles, versicherten im Chor, daß es nur ein Loisachtal gibt und frugen sich gegenseitig, ob sie auch das Tal im »Alpenglühen« kennen, Bayrischzell und die Alpenkönigin Edelweiß. Drei Frauen und neun Männer wurden vergewaltigt und siebzehntausendzweiundzwanzig Ehen gebrochen und ungefähr dasselbe fast gebrochen. Vornehme Damen traten einfach heraus und pißten auf die Straße, die Schutzmänner hatten anstrengenden Dienst. In einer Bierbude saßen zehn Männer um einen Tisch. Der eine wollte sich den Mantel holen, sah aber, daß er gestohlen war, sprang auf den Tisch und schrie:»Damit ihr seht, wie ich mir das zu Herzen nehme, erschieß ich mich«, und zog einen Revolver und erschoß sich. Fiel tot über den Tisch, an dem sein Bruder saß, der sagte nur:»Is dös aba a Witz, jetzt derschieaast si der wegn an Mantl.« Das Blut rann mit dem Bier zusammen und die Ordner schafften die Leiche aus dem Saale. Es war sehr gemütlich. An Alkoholvergiftung erkrankten dreißig Personen, eine Frau wurde bewußtlos in das Krankenhaus gebracht. Ein würdiger alter Herr mit Bismarckblick stieg am Marienplatz ein und fiel mit seinem langen weißen Bart um. Alles bemühte sich um den Patriarchen, als er zu sich kam, spie er den Wagen voll, der gute alte Herr, und rülpste nach Bier und Rettich.»Herzlichen Dank, meine Herren!« sagte er und fiel aus der Straßenbahn. Die Sanitäter brachten ihn mit einem komplizierten Oberschenkelbruch in das Krankenhaus. Er starb dort, der Arme, am Säuferwahn.

Sein Delirium: Kleine Kinder bekamen Bier eingeflößt, die Brust der Münchener Mutter hatte Bier statt Milch, und in den Kirchen verwandelte sich Bier in das Blut des Nazareners. Die ganze Stadt war ein Bierkeller, es gründete sich ein Verein gegen das schlechte Einschenken, der stellte den Ministerpräsidenten, und man vergaß das Vaterland, es hieß statt Bayern und Pfalz, Hopfen und Malz, Gott erhalt's!

Und während der Arme am Säuferwahn starb, kam der Vater Charlottes nach Hause. Am Hute trug er Tannenreis. Er legte sich zu Bett.

Der angestammte König, Otto von Wittelsbach, war verrückt und infolgedessen regierte der Prinzregent Luitpold, den die Welt von den Briefmarken her kennt. Er unterstützte die Künstler, ging auf die Ateliers, ging auf die Gemsjagd und Wilhelm der Zweite war ihm höchst unsympathisch. Er war schon ein alter Herr, rauchte schwere Zigarren und war allseits beliebt, denn er störte nirgends, wo er hinkam. Er sah dekorativ aus, und der Bayer liebt das Kunstgewerbe.

Die Münchener Bürger kümmerten sich nicht um Politik, und ihr ererbter Liberalismus äußerte sich nicht im Freihandel, sondern in einer Duldsamkeit gegen den Rausch, die Besoffenen. Freie Bahn dem Besoffenen, das war die Parole.

Die Museen mußten wegen dem Fremdenverkehr errichtet werden, der blühte. Jeder Maler war Professor, die Schwabinger beliebt, der Geist geduldet, die Künstlerfeste, dazu mußte man die Kunst haben. Der Mittelstand erwies wiedermal seine Kulturaufgabe, als der Stand, der die Kultur trägt. Der Kitsch blühte, Zarathustra tanzte und Isar-Athen war so gemütlich, die Stadt der Musen, der Boheme, dieser bürgerlichen spießigen Anarchisten und des deutschen Museums, dieses Wunderwerkes der Technik.

Charlottes Mutter las soeben in der Zeitung, daß Zar Nikolaus mit Imperator Rex Wilhelm zwo zusammentraf und [sie] sich herzlich begrüßten und daß der Bürgermeister von Berlin, Herr von Jagow, auf die Leute schießen ließ und daß wieder so eine Schweinerei von einem gewissen Wedekind verboten worden ist und daß Ludwig Thoma wegen Beleidigung von Vertretern von Sittlichkeitsvereinen eingesperrt worden ist, als ihr Mann eintrat. Sie fühlte sich in gewisser Weise als Siegerin über ihn und seit dieser Redoute hatte sie es sich vorgenommen, ihn ab und zu zu ärgern. Er schien ihr plötzlich minderwertig, und daß sie eine viel bessere Partie hätte machen können. Es war ihr aber, als merkte er ihre Gedanken und [da] tat er ihr wieder leid. Er setzte sich in den Stuhl und las die kleinen Anzeigen, wer gestorben ist usw., das andere, denn ob unsere Zukunft am Wasser liegt, oder nicht, das interessierte ihn nicht. Sie bildete sich ein, daß das Kind vom Attaché war, und es war doch von ihm, denn nach jener Redoute nahm er sie auch, denn das dicke Mädel war plötzlich mit einem jungen Studenten verschwunden mit wasserblauen Augen, der zum erstenmal auf einer Maskengaudi war. Der Attaché konnte nämlich gar kein Kind bekommen, das wußte er. Er war unfruchtbar, und das war gut so. Also war Charlotte rechtlich korrekt erzeugt und die geheime Hoffnung der Mutter zu Schanden geworden.

In der Nacht lag er neben ihr, sie war wach, und er sprach im Schlaf sonderbare Dinge: »Zensi«, sagte er, »Zensi – wieso nacha hast Du sechs Kinder also, da kommts doch dann auf den einen auch nicht zusammen. Schau, Alte, wieso? Was hat der gesagt? Ich könnte auch der Vater sein? Wo ich so obacht gebn hab! Ha? So so – also, Fräulein Bichler, leckens mich am Arsch.«

Charlottes Mutter ging in solcher Stimmung auf die Redoute.

Als Charlotte geboren wurde, war es Nacht, so eine richtige kleinbürgerlich-romantische Nacht und Spätherbst. In den nahen Alpen ist es still geworden, die Luft stand unheimlich klar, und abends zog ein zarter Nebel über die schwarzen Teiche und den Wald.

Im Kaisergebirge bei Kufstein machte am selben Tage Paul Preuss, der berühmte Alpinist, die ungewöhnlich schwierige Nordwestwand des Totenkirchls. Er war der wagemutigste Alleingeher und ist auch abgestürzt, einige Jahre später. Da war aber Charlotte bereits vier Jahre alt und sie hatte noch keine Ahnung von Nordwestwänden, sie hatte noch nie einen Berg gesehen, es interessierte sie auch nicht, sie hatte eine Puppe und bohrte in der Nase und roch daran. Abends betete sie vor dem Einschlafen, ohne zu wissen, was sie daherplapperte, aber es wurde ihr so schon in frühester Jugend eingetrommelt, frei nach dem Nancyger Apotheker, daß sie ein sündiger Mensch sei und daß Gott ihr die Sünden vergeben möge. Ihre Sünden bestanden vorerst darin, daß sie die Butter mit den Fingern angriff, sich des öfteren bemachte und furchtbar schrie, wenn man sie in einer dunklen Kammer allein ließ. Sie hatte Angst vor dem Kaminkehrer. Und, daß sie Pepperl, dem Hunde, auf die Schnauze küßte.

Ich weiß nicht, ob Gott ihr das alles verziehen hat. Fest steht, daß er irgendwie auf Charlotte verärgert gewesen sein mußte, denn mit acht Jahren ist sie in der Schule durchgefallen und bekam Dyphteritis. Gott hat sie fast zu sich genommen, aber der gute Arzt, Herr Dr. Müller, hat es nicht zugelassen. Er hat mit dem Serum Kochs mit Gott gekämpft. Gott sprach: Mein Gott, jetzt erfinden sie sogar schon Serums, wie soll das enden? Jetzt gibt es schon keine Cholera mehr, keine Pest in zivilisierten Gegenden. Nur gut, daß sie die Syphilis noch nicht ganz heilen können.

Und er bestimmte den Erzbischof von Prag, der sprach: Man darf nicht gegen die Krankheiten kämpfen, sie sind Gottes Prüfungen. Wenn einer heult, laßt ihn heulen. Wenn einer Geschwüre hat und Knochenfraß, so helft ihm nicht, denn warum hat er sich mit dem Fräulein Kitty Mesalka abgegeben? Wie? – Aber die Welt wurde immer ungläubiger und Gottes Stimme drang nicht in die Laboratorien. Sie machte Halt vor der Klinik.

Später kam Gott auf eine sehr gute Ausrede. Er sagte, er hätte es sich überlegt. Die Dyphterie sei ab heute eine Harmlosigkeit. Aber die Menschen sollen nur nicht zu frech werden, denn zum Beispiel Zuckerkranke sind immer noch unheilbar.

Gott ersann immer neue Bazillen. Seine Erfindungsgabe ist göttlich.

Aber der Mensch wehrte sich: je nach Geldbörse.

Und Gott sprach: Es werde Krieg!

Und es ward Krieg. Und Gott sah, daß es gut war.

An die Zeit vor dem Kriege konnte sich Charlotte nicht erinnern. Als der Krieg ausbrach, war sie zehn Jahre alt. Sie hatte eine einzige Erinnerung an die Tage vor der großen Zeit: Sie saß in einem hohen Zimmer am Boden und spielte mit Puppen und bunten Steinen und

Kugeln. Draußen schien die Sonne, aber kein Strahl fiel in das Zimmer. Sie hatte das Gefühl, als wäre das Zimmer ungeheuer hoch über der Erde, derweil war es nur der dritte Stock. Und dann weiß sie, daß, wenn sie zum Fenster träte, draußen ein breiter Fluß fließen würde, tief unten in der Ferne mit einer Eisenbahnbrücke. Ein Zug fährt lautlos darüber in eine große graue Ebene mit einem Rauch aus Schlagsahne, am Horizont steht der Abend mit violetten Wolken.

Aber das ist ja alles nicht wahr. Das Zimmer ging auf einen Hof mit verkrüppelten Fliederbüschen und Kehrrichttonnen, in diesem Hofe klopften die Hausfrauen die Teppiche aus, führten ihre Hündinnen, wenn sie läufig waren, hinunter, das Kinderspielen hat der Hausherr verboten, weil sie ihm mal den Flieder gestohlen hatten und ohne Rücksicht auf eine sterbende böse Großmutter Biedermeyer im ersten Stock johlten und schrien, wie besessen. Sie spielten Verbrecher und Gendarm, jeder wollte Verbrecher sein, keiner Polizist.

Ein Psychoanalytiker hatte Charlotte mal gesagt, das Bild von der Landschaft, die es nie gab, sei so 'ne sexuelle Sache. Er wollte ihr das alles erklären, weil er mit ihr schlafen wollte. Charlotte wollte ja auch, und sie dachte sich die ganze Zeit, wenn er nur schon mal das Quatschen aufhören würde und losginge–und er dachte, derweilen daß – und quatschte. Am Schluß wurde aber dann doch nichts daraus, weil alle Bänke am Kinderspielplatz besetzt waren. Es war ein verpatzter Abend.

Das war drei Tage vor Kriegsende, aber wir wollen doch lieber alles der Reihe nach erzählen. Also, es gab Krieg. Krieg ist Krieg, und Charlottes Vater wurde Soldat und sie bekam Zinnsoldaten mit Schwestern, Militärärzten und Sanitätern, Verwundeten. Sie hätte lieber Soldaten gehabt, und zum erstenmale kam ihr der Gedanke, warum sie kein Junge sei. Bis dato haßte sie die Jungen, aber jetzt kam sie sich plötzlich ganz minderwertig vor. Die Leute zogen vor das Gebäude der Österreichisch-Ungarischen Gesandtschaft, sangen Gotterhalte und das Deutschlandlied. Es war ein riesiger Rausch. Der Vater sagte: Serbien muß sterbien, viel Feind viel Ehr, in drei Wochen wird er aus Paris schreiben, aber in vier Wochen war er tot. Charlotte fühlte sich stolz, einen Vater am Felde der Ehre verloren zu haben. Die anderen Mädels blickten voll Neid auf sie. Die Lehrerin in der Schule hat sie belobt und nicht beschimpft, weil sie ihre Schulaufgabe nicht richtig wußte. Sie durfte sogar früher nach Hause gehen. Sie hatte das Gefühl, alle Leute weichen ihr aus, man sieht es ihr direkt an, daß sie einen Vater dem Vaterlande gegeben hat, und das stand ihr gut.

Die anderen Mädeln waren aber nicht faul und bald fiel der Bruder der einen, der Vater der anderen und einer sogar Vater und Bruder. In der Schule erblindeten zwei Väter, fünfe verloren ein Bein, sechs den Arm, vier hatten Nervenschocks, sieben fielen, zwanzig gerieten in Kriegsgefangenschaft und einer ist desertiert. Der hernach noch sitzt. Das Reichswehrministerium war aber dagegen. Er ist nach Holland und es war eine Hausdurchsuchung. Das Mädel ist bei der Prüfung durchgefallen.

In München landete angeblich ein französisches Kriegsflugzeug, das vergiftete die Brunnen, alle Staaten erklärten einander den Krieg, das Café Fahrig wurde zertrümmert, weil an einem Tische ein bodenlos unrasierter Mann saß, der für einen Serben gehalten wurde, eine dicke alte Nonne wurde fast erschlagen, weil man dachte, sie sei ein verkleideter Mann, ein Spion. Aber sie wehrte sich so, daß die Fetzen flogen. »Sakrament«, fluchte die Nonne, »heilige Muttergottes! Ich ein Spion? Ihr Hunde, ich bin eine Deutsche, wie Ihr, Ihr Hunde!«

Aber der Krieg dauerte immer länger, es kam das erste Weihnachten im Feld. Die Presse schrieb begeistert über das deutsche Christkind, das französische Christkind, es gab auch unzählige Marien, auch ein schaumburg-lippisches Christkind. Zu dieser Zeit saß ein einsamer einfacher Mensch in der Schweiz und schrieb Aufsätze über Aufsätze, der einzige, der den Kopf nicht hängen ließ. Lenin. Verlacht und verspottet. Es wußte niemand in Deutschland, außer Berufspolitikern etwas von der Existenz dieses Fanatikers. Die Sachlichen zogen frisch fröhlich in das Stahlbad, der Fanatiker verfolgte diesen realpolitischen Wahnsinn mit scharfem Auge, bereit mit allen Mitteln zuzuschlagen, wie immer auch. Am Anfang war die Tat, sagt Goethe und schrieb den Faust. Am Anfang war das Wort, sagt Wilhelm der Zweite und führte uns herrlichen Zeiten entgegen, am Anfang war, das kümmert mich nicht, sagt Lenin. Jetzt kommt die Tat oder das Wort. Ich bin, sagt Lenin. Ich lebe. Charlottes Mutter war aber gar nicht so patriotisch wie ihre Tochter. Sie saß bekümmert, sie sah nun das Ende kommen, den Zusammenbruch ihres Geschäftes. Mit Rücksichtslosigkeit richtet das Großkapital den Laden zu Grunde. Zuerst kam eine Bank hinein, dann eine Metzgerei. Die Mutter wurde immer schwächer und kränker, sie mußte eine Stellung annehmen im zweiten Kriegsjahr. Die Zigaretten wurden immer schlechter, die Zigarren hießen Deutsche Keule, Hindenburg, Tannenberg, Ludendorff, all das richtete sie zu Grunde. Sie nahm eine Stellung an in einem Lebensmittelgeschäft, bald gab es aber auch keine Lebensmittel mehr, sie wurde entlassen und bekam pro Monat 15 Mark, für dafür, daß ihr Mann im Krieg fiel. Sie hat ihren Mann gegen Raten verkauft, mit einer monatlichen Abzahlung mit 15 Mark.

Es ging ihr immer schlechter. Charlotte konnte nun nicht mehr Lehrerin werden, sie wurde auch Verkäuferin, dann später kam sie in die Lehre zu einer Kellnerin. Das war eine dicke Frau, die im Krieg dreißig Pfund abgenommen hat, und froh war darüber. In dem Lokal verkehrten viele Soldaten. Einmal kam ein trauriger Soldat und setzte sich, hat sich besoffen, und sang das Lied:»Ja, nimmt denn das Elend schon gar kein End«, bald erschien eine Patrouille und nahm ihn mit. Er hatte sich gedrückt. Sie haben ihn verprügelt. Und später standrechtlich erschossen.

Die Kriegslust wurde immer schwächer. In der Schule waren nun nur mehr die Kinder der Reichen, die Armen mußten heraus. Diese Reichen wurden zum Jungsturm gezwungen und zur Wehrkraft, sie waren alle begeistert, denn sie spielten gerne Soldaten. Auch ich. Ich erinnere mich an Kurt Eisner, an die Unruhen am Marienplatz. Ein Arbeiter sagte zu mir:»Bürscherl! Willst gegen uns, gelt?« Und gab mir eine Ohrfeige, ich war ihm nicht bös, ja der Mann hatte recht. Furchtbarer Haß ergriff mich gegen die Polizisten, die auf die Leute einschlugen, und ich schämte mich über mich. Ich riß die Kokarde von der Mütze, 1917, versteckte die Mütze. Ein Herr hatte das gesehen und gab mir eine Ohrfeige. Ich spürte den Haß in mir, ich erkannte damals mit vierzehn Jahren den Feind.

Wir hatten Übungen in Immenstadt. Waren schwul und betrogen die Kellnerin in der Konditorei. Die Soldaten sahen uns schief an und spuckten aus. Wir sind auf den Stuiben hinaufgehetzt worden, es war sicher gesund, aber das Gesundsein war hier nur Mittel zum Zweck.

Charlotte war in der ersten Zeit Eisverkäuferin. Sie stand im Dienste eines alten blonden Mannes, der sie auch entjungferte. Sie hätte sonst diese Stelle nie bekommen. Wir kauften bei ihr Eis und waren zwar nicht verliebt, aber wir markierten alle die Liebe. »Solche Kerle werden alle Verbrecher«, hatte der Lehrer gesagt, »die ganze Generation.« Die Generation vor uns starb, es war nicht unsere Schuld, also ging es uns nichts an. Heute heißt es, die Jüngsten und die Ältesten. Wir hörten von phantastischen Orgien der Offiziere, ein Schulkamerad von mir hatte einen Bruder, der war Leutnant, und von dem erzählte er uns immer phantastische Geschichten. Von Französinnen, besonders raffiniert, und Belgierinnen und verhaltenen Russinnen. Wir kannten sie alle, wie sie lieben. In der Nähe unserer Schule war ein Weinlokal und da verkehrte die Mannschaft, am Tage war es finster und abends drang ein mysteriöser Schein heraus. Es hieß, man könne sie haben für einige Mark. Einer ist hinein und hat uns dann alles erzählt. Ich bin auch hinein. Das Mädel (ins Innsbruck), der Bauer als Soldat im Zimmer, der Operationsstuhl.

Wir waren dreizehn Jahre alt. Wurden vierzehn. Und das Verhältnis zu Charlotte wurde immer eindeutiger. Ich ging mal mit ihr spazieren, es war Nacht und sternenklar. »Wieso«, hab ich gesagt, »bist du entjungfert worden?« An diesem Abend fielen viele an den Fronten, es wurde eine große Schlacht geschlagen. Wir wechselten die Stimme während des Kanonendonners, wir waren in der Pubertät. Das Weltschmerzliche ging auch uns an, aber wir überwanden es bald. Ringsumher war alles Dreck, und das Erwachen unserer Gefühle kam uns komisch vor. Wir waren nicht mehr der Mittelpunkt. Wir höhnten, gingen unter oder überwanden, es gab nur dieses beide. Ein Ausweichen gab es für uns nicht. Nur die Reichen, die spürten genauso, nur, daß sie später erkannten, daß ihr Vorteil in der Betonung des Persönlichen liegt.

Zu all diesen Problemen hatte ein Mädel, wie Charlotte, keine Zeit. Die reichen Weiber stellten sich solche Probleme, aber wenn sie über so etwas nachdachte, hieß es sofort, sie sei faul, während die reichen Weiber sich behandeln ließen.

Ab ihrem dreizehnten Jahre hatte sie keine Zeit bis zu ihrem zwanzigsten. Dann war sie zwei Jahre arbeitslos. Aber sie hat ihre Ansichten nicht geändert, nur verhärtet.

Ihre Mutter war auch gestorben und Charlotte stand allein auf der Welt. Ihre Mutter starb vor dem Krieg, sie hatte zuviel Kunsthonig gegessen und starb an Vergiftung. Die Fälle wurden seinerzeit verschwiegen, um die Begeisterung über den Kunsthonig nicht zu beeinträchtigen.

Verrat am Vaterland oder: Haß

Romanexposé

Michael, 25 Jahre alt, Journalist, der älteste und stärkste der drei Brüder Babuschke, verließ fünfzehnjährig die Mutter, die Witwe eines kleinen Beamten, die mit Affenliebe für sein leibliches Wohlergehen sorgte, dagegen seinen unreifen Idealen, Kraftmeiereien und dem Triebe nach romantischen Abenteuern feindlich begegnete. Begeisterungsfähig für alles Gewaltige wollte er heute Prophet, morgen Pferdedieb werden. Leidenschaftliche Liebe verband ihn mit seinem Vaterlande, unter dem er sich allerdings nur einen historischen Begriff realisierte, keinen lebendigen. Denn die Liebe zu seinem Volke, zum lebenden Vaterland, erstand erst durch seine Erkenntnis, daß er zum Führer ausersehen sei, erst durch das Wachsen des Intellekts reifte seine Liebe, eine egozentrische Nächstenliebe, die sich bald auf die ganze Menschheit ausdehnte. In allen Sätteln, wenn auch nicht gerecht, so doch gesessen, war er aus Romantik jedem Kompromisse zwischen Idee und Realität abgeneigt; und so sah er seine sektiererischen Heilslehren immer wieder an dem »Spießbürger« zerschellen. Und bald bestand für ihn sein ganzes Volk nurmehr aus »Spießbürgern«, und seine ursprünglich allein auf ihn konzentrierte Liebe wandelte sich in Haß, in aktiven Haß, in Zerstörung. Alle Kosmopolitik wich dem fanatischen Hassen der Sippe, dem Hasse auf das einst geliebte als historischen Begriff realisierte Vaterland. Könnte er, würde er es vernichten. Zur Zerstörung ist ihm jede Hilfe willkommen. Er wird Spion, tritt in den Dienst einer ausländischen Macht. Mit seinem Bruder Joachim, den er für seine Pläne gewann, geht er an die Organisation.

Joachim, 23 Jahre alt, Versicherungsagent, willigte sogleich ein. Über seine Feigheit, die ihn an der Mitarbeit hätte hindern können, triumphierte sein skrupelloser Leichtsinn. Als Schwächling brach jede Gefühlsargumentation sein Gewissen. Intelligent genug, um zu sehen, wie die Mächtigen die schwersten Verbrechen ungestraft begehen, war er zu zynisch aus Pessimismus, um gegen sie zu kämpfen, wie Michael, sondern er schloß sich ihnen an. Er bediente sich mit Arroganz derselben rücksichtslosen Mittel.

Michael und Joachim überreden nun den jüngsten Bruder, Friedrich, der als Soldat im Fort dient, für sie militärische Dokumente zu stehlen. Friedrich ist 20 Jahre alt und der »tumbe« Ritter seines Regiments. Haben seine Brüder keine bejahende Einstellung zur Gemeinschaft, hatte Michael jedes Zusammengehörigkeitsgefühl überwunden, und Joachim nie eines empfunden, so scheint Friedrich ganz aus Anhänglichkeit, wenn auch, infolge seines zurückgebliebenen Intellekts, nur zur Familie, aus Treue ohne Kritik zu bestehen. Besonders liebt er Michael. Nie hatte er es ihm vergessen, daß er ihn als Junge immer vor seinen Kameraden beschützt hatte. Er empfindet zu ihm gehorsames Vertrauen. Ist bei Michael das Gerechtigkeitsgefühl, bei Joachim ein rattenhafter Selbsterhaltungstrieb, so bei Friedrich das Dankbarkeitsgefühl Hauptmerkmal. Eine Dankbarkeit ohne Unterscheidungsvermögen für die Größe der ihm erwiesenen Wohltat. Und dies ist auch der Grund, weshalb er sogleich einwilligt, die Dokumente zu stehlen. »Er stiehlt sie, weil er den Feldwebel haßt«, meint Joachim.

Die Unterredung der drei Brüder findet in der Wohnung Dianas statt. Dies ist eine ehemalige Schauspielerin, Diana ist ihr Künstlername, ohne jemals irgendwo engagiert gewesen zu sein. Mit nervöser Begierde nach Luxus markiert sie die teuer geborene Hure und ist doch nur eine untalentierte Schauspielerin, die, wenn sie nicht gut gewachsen wäre, im besten Falle Stenotypistin geworden wäre. Sie wird von zwei Männern, die geschäftlich miteinander zusammenarbeiten, ausgehalten, nämlich von einem alten hypochondrischen Börsianer und einem dicken, feisten Warenhausinhaber, der sich aus Armut emporarbeitete und stolz auf Diana ist.

Für Joachim empfindet Diana keine Liebe, trotzdem bevorzugt sie ihn vor allen anderen, denn sie empfindet ihn als derart minderwertig, daß sie sich durch seine Anwesenheit erhöht fühlt. Ist ihr ersteres bewußt, so ist letzteres ihr unbekannt. Joachim aber weiß, warum sie ihn bevorzugt, und seines Wissens wegen fühlt er sich ihr überlegen, doch ist diese seine Befriedigung nur Ausrede vor seiner Eitelkeit. Vor Michael hat Diana Angst. Und da sie ihm ihre Furcht zeigt, macht sie ihn erst aufmerksam auf sich, weil er ihre Scheu als Aufforderung erfaßt. Aber er weist sie zurück, verbittet sich die Störung, und nun fängt sie ihn an zu hassen.

Zweimal stiehlt Friedrich Dokumente. Das erstemal gelingt es ihm, Michael bekommt Geld und die Sache endet mit einer wüsten Sauferei bei Diana, die nichts von der Spionage weiß. Aber das zweitemal wird Friedrich ertappt und eingekerkert.

Er wird verhört und verhört. Man forscht nach Komplizen. Er schweigt. Er wird von den Detektiven verprügelt. Er schweigt. Alle Qualen erträgt er geduldig. Die Liebe des, wie seine Kameraden ihn spotteten:»im Rausch gezeugten«Soldaten mit dem stolzen Namen Friedrich ist stärker als jeder Schmerz. Er ist die Kreatur, die das Schicksal aus Witz zum Helden erhob.

Als Joachim von der Verhaftung erfährt, bricht seine Feigheit grell hervor, sein am Lebenkleben. Fast verrückt traut er sein Geheimnis Diana an,»wie einer Mutter«. Doch diese benachrichtigt aus Ärger über die plötzliche Entlarvung ihrer eigenen Hohlheit, aus Sadismus und vor allem aus Haß auf Michael die Polizei. Lockt Joachim in eine Falle: Sperrt ihn nach einer Nacht ins Closett und ruft die Polizei. Als die erscheint, findet sie Joachim als Wahnsinnigen vor.

Aber, bevor sie noch erscheint, pocht Friedrich, dem es gelungen war, aus dem Gefängnisse zu entfliehen, bei Diana an. Nicht um Hilfe zu erflehen, sondern um sie wiederzusehen. Er liebt sie seit jenem Saufgelage, seit jener Nacht. Damals spielte nämlich Diana aus Scherz, die in den großen»Feldherrn«Verliebte und drängte sich schamlos in seine Seele.

Nun kommt aber die Polizei und Friedrich flieht durch ein Fenster, von der verzweifelten Diana unterstützt, wird aber auf der Straße»auf der Flucht«erschossen.

Michael aber glückt die Flucht, trotz Polizeihunden, Detektiven und Militärstreifen. Drei Nächte und zwei Tage über hält er sich im Walde verborgen, flieht durch Dörfer, geht in die Berge.

Jeder Lebensbeweis stärkt seinen Haß, raubt ihm aber durch tausend stumme Fragen den Mut. Den Mut zur letzten Konsequenz, zur Selbstzerstörung, obwohl er sich ja erschießen will. Das Gesetz des Lebenmüssens, die Erkenntnis der eigenen Schwäche, die aus Feigheit Mitleid zeugt, besiegt seinen Haß.

Er geht über die Grenze, leer und gebrochen, aber mit den Möglichkeiten, ein neuer Mensch werden zu können.

Ende.

Filmexposés

Die Geschichte eines Mannes (N), der mit seinem Gelde um ein Haar alles kann.

Ein Tonfilmentwurf

1.

Auf dem Lande. Es jährt sich zum ersten Mal der Todestag des Großgrundbesitzers (Großbauern) T. Seine Witwe hängt die Trauerkleider in den Schrank. Es ist Ende Februar und noch Fasching. Die Gutsangestellten veranstalten einen Kindermaskenball. Ein fremder Bursche (der Mann N) walzt vorbei, tritt ein – er ist ein Kindernarr. Er maskiert sich als Teufel und wird der Liebling der Kinder.

Frau T lernt ihn kennen. Und lieben. Sie hat lange keinen Mann mehr gehabt und er ist zwanzig Jahre jünger. Bald wird er Inspektor. Dann nimmt er mit Frau T das Sakrament der Ehe zu sich. Sie wird ihm von Tag zu Tag höriger. Nur ab und zu steigt ihr verstorbener Gatte aus seinem Grab.

N ist ihr aber nicht treu. Er läßt sich fast wahllos mit jeder ein, nicht zuletzt deshalb, weil Frau T zwanzig Jahre älter ist. Einmal überrascht sie ihn mit dem Küchenmädchen – immer quält sie ihn mit ihrer Liebe, stört ihn mit ihrer Eifersucht, usw. Bald haßt er sie. Nicht zuletzt deshalb, weil sie das Geld hat.

Eines Tages erkältet sich Frau T, als sie ihm wieder mal nachspioniert. Der Arzt meint, sie müsse sich vor Zugluft hüten, sonst könnte es schlimm enden. N ist nun mit allen Mitteln bedacht, Zugluft herzustellen. So wird er geräuschlos und grotesk ihr Mörder.

Das Begräbnis. Das Küchenmädchen ist auch dabei. Auch alle anderen Küchenmädchen. Es ist sehr feierlich. Auch die bereits zwanzigjährige Tochter der Frau T ist dabei, samt ihrem Bräutigam, einem Menschen, dem man es ansieht, daß er beim besten Willen kein Glück haben kann.

2.

Nach dem Begräbnis zieht N in die große Stadt. Mit viel Geld. Frau T hatte ihn als alleinigen Erben eingesetzt und ihre Tochter enterbt. Sie haßte nämlich ihre Tochter, da diese es mal versucht hatte, N in ihren Augen herabzusetzen. N hatte dieses Gespräch belauscht und haßte nun auch seine Stieftochter. Auch die Stieftochter hatte eine Auseinandersetzung über ihre Person zwischen Mutter und Stiefvater belauscht. Sie hatten sich alle gegenseitig behorcht, und kannten sich nun.

In der großen Stadt kauft sich N eine große Villa. Er hat Frauen, Freunde und Hunde. Er ist ein direkter Lebemann – – frißt, sauft, hurt und spielt. Hat Glück. Geht mit Zylinder und Frack.

Mittendrin ereilt ihn sein Schicksal. Er begegnet einem jungen Mädchen aus verarmter Familie, keusch, zurückhaltend usw. Sie ist ihm ganz ausgeliefert, weil er durch einen glücklichen Zufall von einer kleinen Unterschlagung ihrerseits (Portokasse) erfuhr. Er könnte sie jederzeit dem Staatsanwalt ausliefern, sie fürchtet ihn. Sie wird seine große Liebe.

Inzwischen sind aber Jahre vorbeigegangen und N wird infolgedessen älter. Er will es aber noch nicht merken. Seine Stieftochter besucht ihn überraschend. Sie hatte inzwischen geheiratet, dann ihren Mann verloren und ihr Vermögen. Sie ist Mutter – – ihr fünfjähriges Kind bringt sie nun mit zu N, überwindet sich des Kindes halber und bittet um Geld. Einen Augenblick erwacht in N der alte Kindernarr. Er gibt Geld, aber in einer derart protzig-beleidigenden Weise, daß sie es ablehnt. Hierüber ärgert er sich dermaßen, daß er sofort sein Testament verfertigt: Er vermacht sein ganzes Geld Waisenhäusern.

Und wieder wird er immer älter. Eines Abends geht er mit seiner großen Liebe auf den großen Ball in der großen Oper. Stimmung, Sekt, Laune. Ein Küchenmädchen (sein Küchenmädchen!) wird fristlos wegen einer Nichtigkeit entlassen. Der Ball ist ein gesellschaftliches Ereignis. Im Kühlraum hängen geschlachtete Tiere. Ein junger Mann interessiert sich für Ns große Liebe – – N spioniert den beiden nach und hört, wie die große Liebe ihn für einen alten Kerl erklärt, vor dem man das Grausen bekommen kann. Das trifft ihn, dessen Ideal der Sonnenkönig ist, derart ins Herz, daß ihn der Schlag trifft. Abtransport ins Krankenhaus bei Tanzmusik.

3.

N ist von nun ab gelähmt. Er hört und sieht alles, kann aber weder sprechen noch schreiben. Nur mit Hilfe eines kleinen Glöckleins kann er sich mühsam verständigen. Im Rollstuhl. Die große Liebe ist weg. Was übrigblieb, sind Lakaien, die ihm nun seine Launen zurückzahlen. Mit Zinsen.

Die große Liebe ist an der Riviera und läßt sich kitschig photographieren.

Der Arzt sagt ihm, daß er noch lange leben wird, aber sein Chauffeur erklärt ihm, daß das nicht wahr sei. Der Arzt hätte ihm gesagt, er würde höchstens noch zwei Monate leben. Er würde keinen Schnee mehr sehen. Nur den blühenden Frühling noch.

N äußert den Wunsch, das Waisenhaus, dem er sein Geld vermachen will, zu besichtigen. Er wird hingefahren. Die Kinder spielen im Hof und nach der offiziellen Begrüßung läßt man ihn allein in seinem Rollstuhl bei den Kindern sitzen.

Die Kinder kommen näher an ihn heran, trauen sich aber nicht recht. Nur ein kleines Mädchen hat den Mut, sie tritt heran und läutet mit dem Glöckchen – – er starrt sie an und plötzlich wird es ihm bange: Es ist das Kind seiner Stieftochter, die da mit ihm spielen möchte.

Das Kind sieht ihn groß an und lacht. Dann wird es plötzlich ernst und betrachtet ihn durchdringend – und unter diesem Kinderblick gehts zu Ende mit ihm. Er stirbt.

Brüderlein fein!

Ein Film aus der Biedermeierzeit nach Motiven aus den Stücken Ferdinand Raimunds

1.

Der reiche Schreiner und Baumeister Rappelkopf ist ein ungeheurer Menschenfeind, obwohl er eigentlich keinen rechten Grund dazu hat, aber sein mißtrauisches Wesen ist eben kaum mehr zu überbieten. Immer fühlt er sich belogen, betrogen, bestohlen – ja selbst seiner braven Tochter Maly traut er immer alles Schlechte zu und befürchtet auch immer nur allerhand Bosheiten von ihrer Seite.

2.

In der Nähe der kleinen Stadt, in welcher Rappelkopf lebt, haust auf seinem Schlosse der überaus reiche Herr von Flottwell, wie man so zu sagen pflegt »in Saus und Braus«. Maly hält es zu Hause nicht mehr aus und beschließt, mit ihrer Zofe Lieschen durchzubrennen und zu ihrem Geliebten nach Italien zu fahren. Die beiden brennen auch durch, Rappelkopf tobt, als er dies erfährt, und nun steigert sich sein mißtrauisches Wesen so sehr, daß er sich einbildet, seine Frau hege ein Mordkomplott gegen ihn. Er hatte nämlich seine Frau belauscht, als sie dem läppischen Diener Christian den Auftrag gab, eine Gans zu schlachten. Dabei hatte er es aber überhört, daß es sich um eine Gans dreht, und bezog dieses Abschlachten auf sich selbst. Heimlich rafft er nun all sein Geld zusammen und verläßt sein Haus.

3.

Maly und Lieschen fahren unterdessen in ihrer Kutsche auf ihrer Reise nach dem Süden durch einen wunderbaren Wald, und die beiden Mädchen beschließen, in einem Weiher am Waldrand ein Bad zu nehmen. Dabei werden sie von dem unwahrscheinlich reichen Edelmann Herrn von Flottwell überrascht, der gerade seiner Jagdleidenschaft frönt.

Er ist fasziniert von Maly und auch sein ihn begleitender Diener Habakuk ist begeistert von Lieschen. Herr und Diener streiten sich gerade, wer die Schönere sei und fangen unwillkürlich an, lauter zu sprechen, da werden sie von den beiden Mädchen erkannt, die erschreckt in ihre Kutsche flüchten und eiligst davonfahren.

4.

Herr von Flottwell und Habakuk ziehen etwas bedrückt auf ihr Schloß zurück, wo sie bereits von der großen Jagdgesellschaft erwartet werden. Flottwell ist dank seines Geldes von vielen »Freunden« umgeben, die ihn umschmeicheln und ausnutzen. Er selbst hatte sein Geld von seinem Vater geerbt, und seine Lebensphilosophie besteht darin, sein Leben großartig zu genießen. Er hat keine Beziehung zum Geld und betrachtet sich von seinem Glück herausgefordert, ein Verschwender im wahren Sinne des Wortes.

Aber er ist sich dessen auch bewußt, daß aller Wahrscheinlichkeit nach solch ein leichtsinniger Lebenswandel bereits auf Erden seine Sühne finden muß, und aus diesen Erwägungen heraus bildet er es sich ein, daß ihn nur eine Frau retten könnte, aber es müßte die rechte sein. Und nun bildet er sich weiter ein, diese rechte wäre Maly. Er läßt überall nach ihr forschen und sendet sofort berittene Kuriere in der Richtung, die die Kutsche Malys genommen hatte. Sie finden jedoch Maly nicht, denn sie ist bereits umgekehrt und zwar aus folgendem Grund:

5.

Maly hatte noch am selben Abend in einem Wirtshaus, in dem sie mit Lieschen übernachten wollte, einen Postkurier getroffen, der, wie er bei der Anmeldung ihren Namen hörte, ihr einen Brief ihres Kunstmalers übergab, mit dem er unterwegs zu ihr war. In dem Brief steht unter schönen Redensarten die Mitteilung, daß er soeben in Italien geheiratet habe. Maly ist außer sich vor Verzweiflung und fährt mit Lieschen im schnellsten Tempo zurück.

6.

Zu Hause angelangt erfährt sie, daß der Vater mit dem Gelde verschwunden ist und daß also nun ihre Mutter und sie bitterste Not erwartet. Auch Lieschen muß sich nun von Maly trennen.

7.

Rappelkopf hatte sich mit seinem Gelde in eine wilde Bergeinsamkeit zurückgezogen und lebt dort als grimmiger Menschenfeind.

8.

Frau Rappelkopf und Maly ziehen in die große Stadt, mieten sich ein kleines Zimmer, und in all dem Unglück hat Maly noch insofern Glück, daß sie durch ihre zierliche Naturstimme als kleine Sängerin ans Stadttheater engagiert wird.

9.

Lieschen bekommt durch einen Zufall einen Posten auf des Herrn von Flottwells Schloß – der Diener Habakuk erkennt sie wieder und teilt dies sofort seinem Herrn mit, der gerade an einem großen Gelage beteiligt ist. Herr von Flottwell erkundigt sich sofort überaus aufgeregt nach dem Wohnsitz Malys, aber Lieschen kann ihm keine Auskunft geben. Er erfährt nur durch sie, wer Maly ist und auch einiges über ihr Schicksal.

Lieschen und Habakuk kommen sich immer näher.

10.

Maly tritt nun fast jeden Abend im Theater auf, denn sie ist allmählich ein Liebling des Publikums geworden. Eines Abends besucht Herr von Flottwell das Theater, erkennt in der Sängerin seine langgesuchte und herbeigesehnte Maly, stürzt in der Pause in die Garderobe und erklärt ihr seine Liebe. Maly ist etwas verwirrt, aber sie merkt es dennoch gleich, daß er ihr sehr gefällt. Sie verabreden, daß sie nach dem Theater zusammen essen wollen. Die Garderobiere macht vor Herrn von Flottwell einen Hofknicks, so sehr ist sie durch sein vieles Geld beeindruckt.

Herr von Flottwell möchte gerade in seine Loge zurück, die Vorstellung hat schon wieder begonnen, da muß er in der Logentür von dem vor Aufregung außer sich geratenen Habakuk erfahren, daß er sein ganzes Geld, das er leichtsinnigerweise in Unternehmungen seiner »Freunde« gesteckt hatte, verloren hat, und daß er also nun ein bettelarmer Mensch ist.

Herr von Flottwell ist sehr erschüttert und besonders darüber, daß ihm dieses Unglück gerade in dem Augenblick hat zustoßen müssen, da er die für ihn richtige Frau gefunden zu haben meinte. Er verläßt auch sofort das Theater und läßt sich bei Maly entschuldigen, denn er kann sie ja nicht einmal mehr zu einem Abendessen einladen.

11.

Rappelkopf haust inzwischen noch immer in seiner Bergeinsamkeit und behütet in seiner Hütte, die er seinerzeit einer armen Familie abgekauft hatte, sein Geld. Immer wieder vermutet er Einbrecher und Mörder und brüllt dann zum Fenster heraus um Hilfe, so daß die Bauern aus dem nahe gelegenen Dorf eiligst herbeilaufen. Diese Szenen wiederholen sich immer wieder, und immer wieder stellt es sich heraus, daß die Einbrecher und Mörder nur in Rappelkopfs Phantasie vorhanden waren. Und allmählich denken natürlich die Bauern garnicht mehr daran, dem hilfebrüllenden Rappelkopf zu helfen, sondern rühren sich nicht von ihren Feldern und lachen ihn nur aus.

Eines Tages dringen aber wirklich Einbrecher bei Rappelkopf ein und rauben ihm seinen Schatz. Wieder brüllt er um Hilfe, aber es rührt sich niemand. Da verdammt und verflucht er alle diese Menschen, die ihm nicht geholfen haben und muß nun wohl oder übel seine Hütte verlassen, in die Stadt ziehen und dort versuchen, sich irgendwie durchzuschlagen.

12.

Auf der Landstraße trifft er nach einigen grotesken Abenteuern Herrn von Flottwell, der nun ebenso wie er als ein Landstreicher durch die Welt zieht und auch bereits seine Abenteuer hinter sich hat. Sie ziehen gemeinsam weiter und Flottwell erzählt ihm von seiner großen Liebe zu einer berühmten Sängerin. Rappelkopf lacht ihn nur höhnisch aus.

13.

Bei ihren Wanderungen kommen sie auch an dem Schloß, das ehemals Herrn von Flottwell gehörte, vorbei. Es stellt sich nun heraus, daß der derzeitige Schloßbesitzer der Diener Habakuk und die derzeitige Schloßherrin Lieschen ist. Flottwell und Rappelkopf erfahren dies aber erst, nachdem sie auf Bettlerart je einen Teller Suppe erhalten haben. Es kommt zu einem Wiedersehen mit den ehemaligen Bediensteten, das aber von beiden Seiten mit großer Reserve vor sich geht.

14.

Eines Tages kommen die beiden Landstreicher auch wieder in die große Stadt. Hier entdeckt Flottwell auf einem Theaterplakat den Namen seiner Maly. Sie spielt die »Jugend« in Raimunds »Bauer als Millionär«. Er überredete Rappelkopf, mit ihm zusammen die Vorstellung zu besuchen, hoch droben auf dem letzten Stehplatz – endlich willigt Rappelkopf ein, er hat natürlich noch keine Ahnung, daß die »Jugend« seine Tochter ist.

Flottwell bettelt sich das Eintrittsgeld in raffinierter Weise zusammen.

15.

Abends im Theater befinden sich nun droben auf der höchsten Galerie Flottwell und Rappelkopf, der sich von der Vorstellung nicht viel verspricht. In der ehemaligen Stammloge Flottwells sitzen Habakuk und Lieschen. – Nun tritt Maly als »Jugend« auf und singt das Lied »Brüderlein fein« – da erkennt sie Rappelkopf und wird durch dieses unverhoffte Wiedersehen mit seiner Tochter und unter dem Eindruck des Liedes plötzlich ein ganz weicher Mensch mit dem stärksten Verlangen, sich mit allen zu versöhnen und zu vertragen.

Flottwell muß nun auch zu seiner größten Überraschung erfahren, daß Maly Rappelkopfs Tochter ist.

16.

Nach der Vorstellung warten die beiden vor dem Bühnenein-
gang, endlich kommt Maly heraus, sie wird bereits von vielen Kava-
lieren erwartet – erkennt aber sofort Flottwell trotz seines zerlump-
ten Äußern und eilt auf ihn zu. Auch sie hatte sich nämlich immer
nach ihm gesehnt und überall nach ihm fragen lassen, ohne daß
natürlich jemand ihr Auskunft über sein Verbleiben und Schicksal
geben konnte. Auch mit Rappelkopf gibt es nun ein Wiedersehen,
und die Szene endet mit einer großen Versöhnung.

17.

So ziehen die drei in Malys Wohnung, wo es auch ein Wiedersehen und eine Versöhnung mit Rappelkopfs Frau Sophie gibt. Maly
beschließt, Flottwell und Rappelkopf schöne Kleider zu kaufen, was
Flottwell nur nach längerem Zögern annimmt, und zwar nur deshalb, weil er an ihre wahre Liebe glaubt, die sie ihm dadurch bewie-
sen hatte, daß sie ihn auch als Bettler gern mochte.

18.

Am nächsten Tage erfährt Rappelkopf durch einen Bauern, den er
auf der Straße trifft, daß die Einbrecher, die ihm seinerzeit seine
Schätze geraubt hatten, schon lange gefaßt worden sind, und daß
auch sein Geld bis auf den letzten Groschen im Polizeibüro nur
darauf wartet, von ihm abgeholt zu werden. Rappelkopf ist über-
glücklich, holt sich das Geld und beschließt, mit Herrn Flottwell,
seinem zukünftigen Schwiegersohn, ein neues Schreiner- und Bau-
geschäft zu errichten. »Jetzt baue ich euch ein Haus!« ruft er Flottwell und Maly zu.

19.

Unter den Klängen des »Brüderlein fein« steigt nun die Hochzeit
zwischen Herrn von Flottwell und Maly Rappelkopf. Und wieder
werden die beiden von Habakuk und Lieschen bedient, die eben-
falls ihr Geld wieder verloren haben, denn nichts hat Bestand auf
der Welt, und Abschied muß genommen werden.

20.

Anmerkung: In diesem Film werden folgende Lieder verwendet:

»Brüderlein fein«

»Das Hobellied«

»Ach, wenn ich nur kein Mädchen war«

»So leb denn wohl du stilles Haus«

»Ach, die Welt ist gar so freundlich, und das Leben ist so schön«

»Ein Aschen«

Ende

Ein Don Juan unserer Zeit oder: Die Sage vom Don Juan in unserer Zeit

November 1918, der Krieg ist aus, die Soldaten kehren heim. In eine Baracke, in der ein Fronttheater spielt, tritt ein Offizier aus dem Schlamm des Grabens und bedankt sich bei der ältlichen Soubrette des bereits abreisenden Ensembles für das künstlerische Erlebnis, das sie ihm gewährte, als er sie auf der Bühne sah. Die Soubrette ist geschmeichelt, im Gegensatz zu ihren Kolleginnen, die den Mann für verrückt halten, und sie erkundigt sich bei ihm, in welchen Rollen er sie gesehen hätte. Der Offizier kann sich an die Rollen nicht mehr erinnern, denn er war inzwischen verschüttet, er weiß es nur, daß es eine Gesangspartie war und daß in dem Stück ein steinerner Reiter lebendig wurde. Es war die Oper »Don Juan« – und erst als dieser Name fällt, fangen die übrigen Schauspielerinnen an, den merkwürdigen Offizier näher zu betrachten und sie müssen es sich gestehen, daß er sie ganz besonders interessieren könnte. Der Offizier bedankt sich nun auch bei der Soubrette für ihr Lächeln, das ihn an eine ferne Frau erinnert hätte, an seine einzige große Liebe, noch lange vor dem Kriege. Er kenne zwar gar nicht den richtigen Namen jener Frau, er sei nur eine einzige Nacht mit ihr zusammengewesen, aber schon damals hätte er mit einer gewissen Wehmut gefühlt, daß er diese Frau verlieren und daß keine sie ihm ersetzen könnte. Drum hätte er sich nun auch entschlossen, diese Frau zu suchen, er müsse sie finden und sollte er ewig suchen. – So verläßt er das Grauen des Krieges und jagt mit dämonischer Wucht seiner Sehnsucht nach. Er ist der von einer großen Leidenschaft Ergriffene, die ihn nunmehr ausschließlich, einzig und allein, beherrschen soll. Er ist der Mann, der in dem Leben nur die Frau sieht, der sich aus dieser Frau ein Götterbild machte und dessen ganzes Sinnen und Trachten danach gerichtet ist, dieses Bild zu besitzen. Seine unerhörte Aktivität im Suchen und Sehnen nach »IHR« führt ihn zu einer Passivität gegenüber der einzelnen Frau, aber gerade diese Mischung in seinem Wesen reizt die Frauen, so daß sie ihm alle hemmungslos entgegenkommen. Er nimmt sie auch alle, denn bewußt oder unbewußt findet und sucht er in jeder einzelnen ein Teilchen seiner großen Liebe, und er hofft auch, vielleicht eine zweite große Liebe zu finden, die ihn von seiner unstillbaren Sehnsucht befreit, die ihn selbst zerstört. Aber nach jedem Liebeserlebnis fühlt er sich noch einsamer und sehnt sich nur noch stärker nach »IHR« – Erst am Ende seines Lebens wird es ihm klar, daß er sich eigentlich nach dem Tode gesehnt hat. »Ein Don Juan«, meint die Soubrette, nachdem er die Baracke verlassen hat.

Er kommt in die Heimat zurück – – Revolution und Nachkriegswirren, Auflösung einer alten Moral, all dies berührt ihn nicht innerlich. Er betritt die Wohnung, in der er damals seine große Liebe fand, noch in der glücklichen Friedenszeit. Aber in der Wohnung wohnt eine andere Frau, eine Zahnärztin. Er findet sie nicht, seine Frau, niemand kann es ihm sagen, wo sie jetzt wohnt – und er kann auch nicht weiterforschen, denn er kennt ja ihren Namen nicht. So irrt er nun scheinbar planlos durch die Straßen und lernt bei einer großen Frauenkundgebung gegen den Krieg ein Mädchen kennen, den Typus des »reinen Mädchens«. Sie will ihr junges Leben dem Kampfe gegen die Greuel des Krieges weihen, vernachlässigt jedoch ihre Ideale und Pflichten und kann Don Juan nicht widerstehen. Erschüttert durch seine Interesselosigkeit an ihren Idealen, wird sie von ihm verlassen, als sie nun dahinterkommt, daß er sie mit zahlreichen Frauen betrogen hat. Durch die Frauen bekommt er auch seinen Beruf: Sie protegieren ihn überallhin, obwohl ihm diese Art peinlich ist. Aber schließlich muß er doch leben, und dazu muß man Geld verdienen. Seine erste Stellung ist diejenige eines »gehobenen Kammerdieners« in einem Damentanz- und Spielklub der Inflation. Seine Anwesenheit jedoch genügt, um alle Mitglieder gegeneinander aufzubringen, jede ist auf jede eifersüchtig, trotz manchem männlichem Einschlag der einzelnen Damen, und der Klub fliegt auf. Seine zweite Stellung bekommt er durch eine Frau, die von einem Schieber ausgehalten wird. Sie, der Typ eines Vamps der Nachkriegszeit, bringt ihn als Schauspieler zum stummen Film. Er muß nur gut aussehen und das genügt, um ein gefeierter Stummfilmstar zu werden. Wenn er sich irgendwo in der Öffentlichkeit zeigt, geraten die Frauen außer sich und feiern ihn, wie einen König. Der »Vamp«, der keinen Mann liebt, fühlt plötzlich wahre Liebe zu Don Juan. Mit Bestürzung muß sie jedoch feststellen, daß er nicht auf sie eifersüchtig ist, denn »lieben« tut er ja doch nur seine ferne Braut, die er nie vergessen kann. Zu tiefst verletzt schleudert sie ihm ins Gesicht, daß er doch überhaupt kein Schauspieler sei,

44

sondern nur ein gutaussehender Mann, der seinen Lebensunterhalt gewissermaßen durch seine erotische Wirkung verdiene. Es wird ihm klar, daß sie recht hat, er verläßt sie und verläßt auch den Film.

Das Damenkomitee einer politischen Partei faßt die Resolution, den unerhört beliebten ehemaligen Star als Abgeordnetenkandidaten auftreten zu lassen, um die Stimmen der wahlberechtigten Frauen zu bekommen. So beginnt seine politische Laufbahn. Die Weiber entfalten eine unerhörte Wahlpropaganda für ihren Kandidaten und Don Juan siegt. Er tritt als Redner auf und alle Herzen schlagen für ihn – doch er bringt der Partei Unglück, denn auch hier fangen die Frauen an, eifersüchtig aufeinander zu werden, und die Partei spaltet sich in lauter kleine und kleinste einander gehässig und erbittert bekämpfende Sekten. Und Don Juan kümmert sich eigentlich überhaupt nicht um Politik, sondern benützt seine einflußreiche Stellung, um mit Hilfe des amtlichen Apparates nach seiner großen Liebe zu forschen, er beschäftigt auf Staatskosten ein ganzes Heer von Detektivinnen, doch es kommt nichts dabei heraus, nur ein großer Skandal. Eine Journalistin enthüllt diesen sonderbaren »Korruptionsfall« und die Wählerinnen Don Juans fangen nun an, [ihn] enttäuscht zu hassen. Er besucht die Journalistin persönlich, nachdem er gestürzt worden ist, um ihr den Fall zu erklären, sie empfängt ihn voll Hohn und bald darauf gibt sie sich ihm hin, trotzdem daß sie politisch seine schärfste Gegnerin ist, und trotzdem er nicht in der Absicht kam, sie als Weib zu erobern. Als er das Haus in der Nacht verläßt, wird ein Attentat auf ihn verübt – eine Revolverkugel streift dicht neben seinem Kopfe vorbei und die Attentäterin ist jenes Mädchen, das er seinerzeit bei der Kundgebung gegen den Krieg kennen gelernt hatte und dessen erstes Erlebnis er gewesen ist. Das Mädchen haßt ihn aus tiefster Seele und ist sich nicht bewußt, daß es eine Haßliebe ist. Auf die Detonation des Schusses hin eilt die Journalistin auf die Straße und es entwickelt sich nun ein wilder Kampf zwischen den beiden Frauen. Die Journalistin ruft nach Verhaftung des Mädchens, obwohl Don Juan beteuert, daß er den Schuß abgefeuert hätte, aber das Mädchen bezichtigt sich selbst als Attentäterin und als Opfer Don Juans, schon um die Journalistin, die sie als ihre Nebenbuhlerin betrachtet, zu verletzen – der Auftritt endet damit, daß Don Juan mit dem Mädchen in einem Auto flieht, knapp bevor die Polizei auf dem Tatort erscheint.

Er flieht mit dem Mädchen in ein »anderes Land«, hinaus in das Dorf, weg von der Stadt, in die Einsamkeit. Und hier meint er nun kurze Zeit, sein Glück und seinen Frieden in ihrer Liebe gefunden zu haben. Aber bald genügt ihm ihre reine, keusche Hingebung nicht mehr – es geht ihm auch das Geld aus und es kommt zu Reibereien, wie in jeder armen Ehe, wie bei kleinen Leuten, als wäre er gar nicht der Don Juan. Eines Tages schleudert sie ihm ihre Empörung ins Gesicht, ein Mann müsse arbeiten können und müßte auch etwas anderes im Kopf haben, als wie nur die Liebe – – – – und sie verläßt ihn. Es ist das erstemal in seinem Leben, daß eine Frau ihn verläßt. Zuerst glaubt er, es sei das Alter, aber dann bekommt er moralische Anwandlungen und er beschließt zu arbeiten. Er wird Reisender in Damenwäsche und das Geschäft floriert in ungeahntem Ausmaß. Er ist bei seinen Kundinnen unglaublich beliebt, und sie können sein Kommen kaum erwarten – ja, einzelne vernichten sogar Wäschestücke, sehr zum Ärger ihrer Gatten, nur um sich von Don Juan ein neues Stück kaufen zu können. Es hagelt nur so Bestellungen und Don Juan erfindet ein neues Korselett, läßt es patentieren und übers Jahr hat er eine Fabrik und überall Filialen. Aber das geschäftliche Glück soll nicht lange dauern – durch eifersüchtige weibliche Angestellte wird er, der diesmal wirklich unschuldig ist, vor Gericht gezerrt, er hätte sich an ihnen vergangen. Er wird zwar, nicht zuletzt durch eine feurige Verteidigungsrede seiner Rechtsanwältin, freigesprochen, doch »etwas bleibt immer hängen«, und er ist moralisch erledigt, seine Existenz vernichtet.

Es geht bergab. Da taucht der »Vamp« wieder auf und tritt an ihn mit einem sonderbaren Geschäft heran – er begreift nicht ganz den Sinn, tut jedoch mit, und es wird ihm erst bei ihrer Verhaftung klar, daß er in eine Spionageaffaire verwickelt ist. Er versucht die Frau zu schützen, verwickelt sich aber dadurch nur in Widersprüche, macht sich erst recht verdächtig und wird zu einer langjährigen Zuchthausstrafe verurteilt. Erst in der Zelle erfährt er, daß sie ihn verraten hat und längst geflohen ist.

So sitzt er nun im Zuchthaus und gibt schon alle Hoffnung auf. Wenn er wieder frei wird, dann ist sein Leben vorbei und er ein alter Mann. Niemand kümmert sich um ihn, er bekommt keine Briefe. Aber eines Tages erhält er doch einen und als er ihn liest, faßt er sich ans Herz, so weh tut es ihm plötzlich vor lauter Glück.

Der Brief stammt von jener Frau, nach der er sich immer sehnte, die er überall suchte und nirgends fand. Jetzt schreibt sie ihm, daß sie sein Leben immer verfolgt hat, daß sie sich aber nicht gemeldet hat, denn sie hätte gedacht, er hätte sie vielleicht schon längst vergessen, und vor dieser Erkenntnis hätte sie sich gefürchtet. Nun aber in seinem großen Unglück fühlt sie mütterliche Gefühle für ihn und sie erwarte ihn, wenn er wieder frei wird – – – – sie warte auf ihn bis in den Tod. – – – –

Endlich ist der Tag seiner Freiheit da. Er zieht sich seine altmodisch gewordenen Kleider an, läßt sich um das Geld, das er während all der Jahre im Zuchthaus verdiente, rasieren, frisieren und herrichten – und eilt zu ihr. Er wird eingelassen. Im Salon hängt ihr Bild, so wie sie in seiner Erinnerung lebt. Versunken in den Anblick bemerkt er es gar nicht, daß sie selbst eingetreten ist – eine alte, sehr alte Frau. Erschüttert erkennt er in ihrem Antlitz, sucht in ihren Bewegungen sein Idol. Das also war seine Sehnsucht – und während er mit ihr über Nebensächliches plaudert, wird er sichtbar älter und älter. Es dämmert ihm langsam auf, daß es kein Ideal gibt, das vergänglich ist. Die wirklichen Werte liegen jenseits des Lebens.

Er verläßt das Haus. Es schneit, immer stärker. Durch das Schneegestöber taucht eine junge Frau auf mit einem Kinderwagen. Es ist das Mädchen, das ihn verlassen hat. Verdutzt erkennt sie ihn, ruft ihm sogar einige Worte nach, doch er erkennt sie nicht, verschwindet wieder im Schneegestöber.

Er betritt ein armseliges, leeres Cafe. Apathisch fängt er an, Billard mit sich selbst zu spielen. Die alte Kellnerin kommt und sagt ihm, es wäre ein Herr hier, der möchte gerne mit ihm eine Partie Billard spielen. Er nickt ja – – und der Herr erscheint, er ist hager, wie ein Skelett, trägt schwarze Glacéhandschuhe und Don Juan kann sein Gesicht nie richtig sehen. Der Herr spricht kein Wort, läßt nur Don Juan sprechen, dem es unheimlich wird – – er weiß nicht recht warum. Der Fremde gibt ihm etwas vor, 56, genau soviel, als Don Juan Jahre zählt. Don Juan beginnt und verfehlt. Nun spielt der fremde Herr. Mit automatischer Präzision klappt alles. Immer wieder drückt er die Nummertafel – – 28, 37, 42 – – da bemerkt plötzlich Don Juan, daß der Herr unter seinen Glacéhandschuhen eine knöcherne Hand hat, er erblickt das Gelenk. Und nun weiß er, er spielt mit dem Tod, und der Tod wird gewinnen. 56 – – der Herr hat gewonnen, Don Juan faßt sich ans Herz, wie damals im Zuchthaus, und bricht tot zusammen.

Ende

Bemerkung: Außer der Figur des Don Juans spielen in diesem Filme nur Frauen und der Tod. Es soll auch versucht werden, in den Dialogen, Zeitprobleme von der Einstellung der Frau her zu beleuchten.

Der Pfarrer von Kirchfeld

1.

In dem entlegenen Dorf St. Jakob in der Einöde wird das armselige Haus und das wenige Eigentum der verstorbenen Witwe Birkmüller versteigert. Die Photographie der Toten hängt umflort an der Wand und man hört die Stimme des Versteigerers und das Bieten der kauflustigen Dorfbewohner, die, wie es eben so menschliche Art ist, gern die Gelegenheit ergreifen, billig zu irgendwelchem Besitztum zu gelangen. Immer wieder hört man die Stimme des Versteigerers »Zum ersten, zum zweiten, zum dritten Mal« – und so kommt alles daran: die alten Truhen, der Sorgenstuhl, das Bettzeug und die Kücheneinrichtung.

Vor dem Hause auf der Bank sitzt die einzige Tochter der Verstorbenen, die 18jährige Anna, einsam und verbittert und hört immer wieder von drinnen die Stimme: »Zum ersten, zum zweiten, zum dritten Mal.« –

Zu dieser Zeit fährt durch die Dorfstrasse der reiche Viehhändler Loislmüller, begleitet von seiner dicken blonden Geliebten. Er hatte gerade zwei prächtige Schweine gekauft, die er auf seinem Wagen nun in seine Heimat transportieren will. Als er das Haus der Birkmüller erblickt, hält er überrascht und fragt eine vorübergehende Bäuerin, was denn dort los sei, da soviel Leute aus- und eingingen, und vor allem da er sähe, wieviel Gegenstände abtransportiert würden. Er erfährt nun, daß die brave Witwe Birkmüller gestorben ist und daß sie ihre Tochter Anna in größter Armut zurückgelassen hat. Als Loislmüller von der Versteigerung hört, beschließt er, sich an ihr zu beteiligen, um seine Geliebte unter Umständen mit einem günstig erworbenen Schmuckstück zu erfreuen.

Anna sitzt noch immer auf der Bank vor dem Haus und plötzlich hört sie von drinnen her aufgeregte Stimmen. Sie horcht –, da erscheint der Gerichtsvollzieher mit dem Gendarmen und den Dorfbewohnern in der Tür und der Gendarm fährt gleich auf sie los. Unter den zu versteigernden Sachen fehle nämlich ein Schmuckstück, ein altes Kreuz, das die verstorbene Frau Birkmüller an Feiertagen an einem Bändchen um den Hals getragen habe. Nach kurzem Hin und Her kann Anna nicht mehr leugnen, das Kreuz heimlich zu sich genommen zu haben – sie muß es wieder herausgeben und nun wird das Kreuz zur Versteigerung ausgerufen. Loislmüller, der soeben erschienen ist, ersteigert es sofort und ist höchst befriedigt von seinem Fund.

Anna verließ inzwischen ihren Platz, um den neugierigen Blicken zu entgehen und um nicht vor fremden Menschen weinen zu müssen. Sie geht um das Haus herum und nimmt Abschied, gewissermaßen von jedem Winkel. Als sie wieder auf ihre Bank zurückkehrt, ist das Haus leer, die Versteigerung ist zu Ende und sie trifft nur noch eine alte Betschwester an. Die wendet sich nun an Anna und gibt ihr salbungsvolle Ratschläge. Sie solle immer nur beten, beten und wieder beten. Aber Anna, die anfangs apathisch ihr zugehört hat, unterbricht sie plötzlich hart:»Ich glaube nicht mehr an Gott«, sagt sie. Die Alte starrt sie entgeistert an, bekreuzigt sich und läßt sie rasch stehen.

Loislmüller sitzt nun wieder auf dem Wagen neben seiner Geliebten und bindet ihr das Kreuz um den Hals. Sie ist hoch erfreut über dieses Geschenk und gibt ihm einen Kuß.

Anna verläßt mit einem Bündel das Haus, streichelt noch einmal den Hofhund, der ihr traurig nachblickt, aber sie sieht sich nicht um. Vor der Kirche hält die Betschwester aufgeregt den Pfarrer an. Es ist dies der Pfarrer Vetter, ein alter gütiger Herr, der trotz seiner tiefen Religiosität leise resigniert mit seinem Leben bereits abgeschlossen hat. Sie teilt ihm bestürzt mit, daß die Anna Birkmüller nicht mehr an den lieben Gott glaubt. Aber der Pfarrer Vetter wird nun ganz böse und weist die Alte zurecht, denn einen solchen Ausspruch könne er sich von der kreuzbraven Anna nicht vorstellen.

2.

Droben im Hochgebirge, unterhalb eines wilden Grates, über dessen zerklüftete Zacken die Grenze verläuft, gehen zwei Förster ihr Revier ab. Der Jüngere heißt Michel, ein gutmütiger pflichtbewußter Mensch, dessen einzige auffallende Schwäche eigentlich darin besteht, daß er sich selber sehr gefällt. Er hält sich für einen durchaus feschen Menschen, der er ja auch ist – eben deshalb läßt seine Eitelkeit auch auf eine kleine Beschränktheit schließen. Michel erklärt nun seinem Kollegen, der erst vor kurzer Zeit in diese Gegend versetzt worden ist, die Namen der verschiedenen Täler, Kare, Gipfel und Ortschaften. So zum Beispiel liegt direkt unter dem Felsen, auf dem sie sich jetzt befinden, das schöne Dorf Kirchfeld, wo beide stationiert sind. Vier Gehstunden entfernt von Kirchfeld liegt das Dorf St. Jakob in der Einöde und ungefähr zwischen den beiden auf halbem Wege liegt das Wirtshaus des Gruberfranz, sozusagen mitten im Walde, etwas entfernt von der Landstrasse. Auf den Gruberfranz ist die Behörde nicht gut zu sprechen. Sie kann ihm zwar nichts Positives vorwerfen, aber sie ist fest davon überzeugt, daß er den Wilderern und Schmugglern Hehlerdienste leistet. Sein Wirtshaus steht auch deshalb keineswegs in einem guten Rufe.

An der Waldgrenze finden die beiden Förster im Unterholz eine Wildschlinge mit einem gefangenen Rehkitz. Michel stellt sofort fest, daß diese Schlinge natürlich nur von einem Wilderer gelegt sein konnte. Er habe auch schon einen ganz bestimmten Verdacht. Zwar wolle er noch nicht darüber sprechen und keinen Namen nennen, aber er habe das Gefühl, daß er auf der richtigen Fährte sei. Er wolle nur soviel sagen, daß es sich um einen Einwohner Kirchfelds drehe und er möchte nun doch gleich mal im Wirtshaus des Gruberfranz nachsehen, ob der Bewußte sich nicht dort aufhalte, denn eine innere Stimme raune ihm dies zu. Er fordert seinen Kollegen auf, mit ihm hinabzusteigen und erzählt ihm dabei von seinen verschiedenen immerhin erfolglos durchgeführten Haussuchungen beim Gruberfranz.

Der Mann, den Michel in Verdacht hat, hatte die beiden Förster nun schon längere Zeit beobachtet. Er hatte gerade nach seiner Wildschlinge sehen wollen, da erblickte er die beiden und versteckte sich rasch im Unterholz. Er beobachtete auch, daß seine Schlinge entdeckt wurde und sieht nun, wie die beiden Förster rasch auf dem kürzesten Steige zum Gruberfranz hinabsteigen. Um ihnen zuvorzukommen und den Wirt zu warnen, klettert und springt er nun tollkühn über Wände und Schroffen hinab und erreicht so noch vor dem Eintreffen der beiden Förster das Wirtshaus, wo er sofort mit dem Wirt im Keller verschwindet und zwei dort aufbewahrte gewilderte Rehe geschickt unter allerhand Gerümpel verbirgt.

Der Wilderer ist, wie gesagt, aus Kirchfeld und wird der Wurzelsepp genannt. Ein jedes Kind weiß, daß er vom Wildern lebt. Auch sein Vater ist ein Wilderer gewesen, hat einen Förster erschossen und endete im Gefängnis. Der Wurzelsepp war damals noch ein Kind. Seit jener Zeit hat er keine Kirche mehr betreten. Die meisten seiner Mitmenschen tun so, als verachteten sie ihn, heimlich achten sie ihn aber, denn es umweht ihn ja auch sozusagen die Romantik des Räuberhauptmanns.

Als Michel mit seinem Kollegen nun das Wirtshaus betritt, sitzen der Wurzelsepp und der Wirt mit gut gespieltem guten Gewissen in der Wirtsstube und trinken Schnaps, als hätten sie nie irgendeinen unerlaubten Gedanken gehabt. Nach einer kurzen Begrüßung lassen sich die beiden Beamten an einem Tisch nieder und der Wirt ruft »Anna!« So nebenbei erkundigt sich Michel, wer denn diese Anna sei, worauf ihm der Wirt kurz auseinandersetzt, das wäre die neue Bedienung, die erst vor ungefähr 8 Tagen bei ihm eingetreten sei. Anna erscheint nun und fragt die beiden Förster nach ihren Wünschen. Michel hört aber gar nicht auf ihre Worte, sondern starrt sie fasziniert an und meint dann plötzlich, sie käme ihm so bekannt vor und ob sie denn nicht die Anna Birkmüller aus St. Jakob wäre. Es stellt sich nun heraus, daß Michel und Anna als Kinder zusammen gespielt haben – und Anna sei damals immer von Michel beschützt worden, so bringt er ihr viele Dinge aus der Kindheit wieder in Erinnerung. »Schad', daß ich damals als kleiner Bub' von St. Jakob weg hab' müssen«, äußert der Michel seine große Zufriedenheit darüber, was für ein schmuckes Dirndl aus der kleinen Anna geworden ist. Dabei fängt er an, sie zu tätscheln, wobei sie sich erkundigt, ob denn alle Kirchfelder so wären. »Oh«, erwidert der Michel, »in Kirchfeld sind jetzt alle Leut' ungemein brav und anständig geworden, seit nämlich der neue Herr Pfarrer da ist!« Dieser neue Pfarrer Hell sei der beste, den es auf der Welt gäbe, wobei der Wurzelsepp ironisch vor sich hin lächelt. Michel bemerkt dies und betont es nochmals: »Jawohl, der Pfarrer Hell ist ein richtiger Mensch.«

3.

In der Kirche zu Kirchfeld tauft der Pfarrer Hell ein Kind. Es ist keine große Taufgesellschaft dabei, nur eine ältere Frau und die

Mutter des Kindes, ein etwas beschränkt aussehendes junges Weib. Nach der Taufzeremonie sehen wir den Pfarrer, wie er sich in der Sakristei umkleidet und dann rasch das neben der Kirche gelegene Pfarrhaus betritt. Im Pfarramt stehen bereits 6 Bauernburschen und warten auf ihn. »Seid's alle da?« begrüßt er sie und legt dann mit einer großen Strafpredigt los. Das soeben getaufte Kind ist nämlich ein uneheliches, und er macht den Burschen Vorhaltungen, wie gemein es wäre, daß der Richtige sich nicht zu seiner Vaterschaft bekenne. Durch seine derb-gutmütige Art bringt er es auch soweit, daß sich der richtige Vater reuevoll meldet. Nach dieser Szene betritt er sein Wohnzimmer, in welchem der Pfarrer Vetter aus St. Jakob bereits auf ihn wartet. Der alte Herr sitzt behaglich in dem Fauteuil und hat ein leeres Glas vor sich stehen. Hell entschuldigt sich, daß er ihn solange allein gelassen habe und will das Glas seines Gastes neu füllen. »Nein, nein«, wehrt Vetter ab, »es wird ja zuviel. Ich bin das ja nicht gewohnt.« Hell bringt ihm nun noch eine Zigarre, und nachdem sie Vetter angezündet hat, stellt er fest, daß es ihm lange nicht so behaglich gewesen wäre. »Wie hier alles doch so freundlich, so recht wohlgefällig und lebensfreudig – so gottesfriedlich ist«, fährt er fort, »Sie sitzen auf einer der einträglichsten Pfarren und sind noch so jung, haben noch soviel vor sich. Ich bin schon ein alter Mann und zu wenig mehr nütze, nun sitze ich da oben –«

Hell (unterbricht ihn, in Nachdenken versunken) Wie heißt doch Ihre Pfarre?

Vetter St. Jakob in der Einöde, Herr Amtsbruder, ein Dorf, in welchem Sie nicht fünf Menschen finden, denen es so recht froh und freudig erginge; alles herabgebracht vom Elend.

Hell Das ist traurig, sehr traurig, wie müssen Sie sich dabei befinden, das Elend sehen und nichts dawider tun können.

Vetter Du lieber Himmel, das gewöhnt sich wohl, ich lebe ja wie sie, fast schlechter – nur einem geht's gar recht elend, das ist der Schulmeister, ist so alt und so hinfällig wie ich und hofft noch immer, ich weiß nicht, auf was.

Hell (ergriffen) Liebster, Bester, und waren Sie denn immer so resigniert?

Vetter (lächelnd) Ach nein, ich war ja auch jung.

Hell (wie um auf ein anderes Thema zu kommen) Und wie kommen Sie nun mit Ihrer herabgekommenen Gemeinde zurecht?

Vetter Nun früher ist's wohl redlich gegangen, aber letztere Zeit kann ich nicht mehr so recht in die Kanzel hineinschlagen und ein ruhiges Zureden hilft ja nichts. Es ist wahr, ich hatte auch schon oft den Entschluß gefaßt, zu gehen. Ich bin ja nicht wie der Schulmeister, der hofft – (er lächelt und rückt Hell näher) und Herr Amtsbruder, nichts für ungut, unter uns, vielleicht auch hoffen kann und soll, wenn auch nicht für sich. Er hat gar liebe Kinder und hat ein braves Weib, das hält ihn aufrecht. Wir haben das aber nicht, dürfen das nicht haben – – ich stehe auch dann allein, und wenn ich heut' oder morgen zusammenbreche, so kann ich mich auf niemanden stützen – – – aber lassen wir das! Ich muß mich aufs Bitten bei Ihnen legen, Herr Amtsbruder, wenn Sie mir eine Bitte freistellen wollen.

Hell Sie machen mich neugierig, sprechen Sie ungescheut.

Vetter Es lebte da jahrelang eine arme Witwe in St. Jakob, die sich kümmerlich durchbrachte und dabei recht christlich ihr einziges Kind, ein Mädchen, erzog. – Vor drei Wochen nun ist die Alte gestorben, da sind denn auch gleich die Gläubiger gekommen, nahmen alles, was vorhanden war und jagten die Junge aus der Hütte ihrer Eltern. Jetzt dient das arme Kind dem Gruberfranz, aber ich fürchte, das ist nicht das richtige Obdach – und da dachte ich mir, ich wage es, Sie zu bitten, daß Sie das Mädel ins Haus nehmen, da wäre sie wohl gut aufgehoben.

Hell Auf Ihre Empfehlung hin bin ich gern bereit, das Kind aufzunehmen.

Vetter (schüttelt ihm die Hand) Nun das ist recht christlich, ich danke Ihnen, Herr Amtsbruder.

4.

Im Wirtshaus des Gruberfranz nimmt das Gespräch über den Pfarrer Hell seinen Fortgang. Der Wurzelsepp hat sich in ironischen Bemerkungen über den hochwürdigen Herrn ergangen, wobei ihm Michel endlich versichert »Du bist der einzige nicht Brave in Kirchfeld und über unsern Pfarrer redst du schon garnix.« Mit naiver

Miene erkundigt sich der Sepp, warum er denn der einzige nicht Brave sei. Aber Michel erwidert ihm nur »Mir sagt es eine innere Stimme, daß wir zwei uns nochmals treffen werden.«

»Wo?« fragt der Sepp.

Darauf der Michel: »Droben im Walde, wo manchmal so spaßige Schlingen wachsen.«

»Das verbitt' ich mir«, schreit der Sepp, der es merkt, daß Michel ihn verdächtigt, und es kommt nun zu einer heftigen Auseinandersetzung zwischen den beiden, die damit endet, daß der Wirt Michel erklärt, er lasse seine Gäste nicht beleidigen.

Sehr zum Verdruß des Wirtes und des Wurzelsepp mischt sich Anna auch in den Streit, ergreift die Partei Michels und erklärt auch, daß sie vom Pfarrer Hell nur Gutes gehört hätte. »Übrigens«, meint sie nun auch, »unser Pfarrer in St. Jakob möcht's gern sehen, daß ich zum hochwürdigen Herrn Hell als Bedienung komme.«

»Das glaube ich«, schreit der Wurzelsepp und biegt sich vor Lachen: »Der Pfarrer und die lebfrische Dirn! Die schicken's zu ihm, grad als ob sie's ihm zu Fleiß täten!«

Michel Du hast das gottloseste Maul vom ganzen Land!

Der Wurzelsepp Wenn das Derndl zum Hell kommt, dann frag doch nach fünf Wochen, ob die Kirchfelder ihren Pfarrer noch für einen Heiligen halten!

5.

Im Pfarrhaus zu Kirchfeld betritt die alte Pfarrersköchin Brigitte das Wohnzimmer und meldet Hell, der gerade sein Brevier liest, daß ein Dirndl aus Einöd den hochwürdigen Herrn sprechen möchte. »Führ' sie nur herein«, meint Hell, »das dürfte wohl Deine Gehilfin werden, Brigitte.« Brigitte, schon wieder in der Tür, wendet sich noch einmal um: »So, na, das wär' mir schon recht. Das Dirndl ist recht nett und sauber und nicht ein bissel aufdringlich.« Worauf Hell lächelnd meint: »Na, das will ja was heißen, wenn die Brigitte das Lob eines jungen Mädchens singt, sonst weiß sie ihnen wenig Gutes nachzusagen.« Dabei erhebt er sich und geht Anna, die nebenan im Pfarramtsraum wartet, entgegen. »So, du bist also die

Anna Birkmüller, mein Kind!« Anna wird durch Hells Persönlichkeit plötzlich sonderbar schüchtern und bringt vorerst kaum ein Wort hervor. »Ich habe dem hochwürdigen Herrn Vetter bereits die Hand darauf gegeben«, fährt Hell fort, »daß ich dich aufnehmen will.« Anna bleibt noch immer stumm und küßt Hell die Hand. Hell zieht seine Hand unwillkürlich etwas zurück: »Also – Anna, ich heiße dich in meinem Hause willkommen. Du weißt wohl selbst, daß Dienen kein leichtes Brot ist; indessen will ich dafür sorgen, daß dir von niemand dein Stand schwerer gemacht wird, als er für dich ohnedies schon sein mag.«

Anna Ich fürcht' mich nimmer vor'm Dienst (sie spricht nun plötzlich rasch und viel, als wäre auf einmal ein Bann gebrochen), oben beim Gruberfranz habe ich einen Kirchfelder getroffen, der gesagt hat, daß er dein Feind ist, hochwürdiger Herr, und der sich alle Mühe gegeben hat, dir was Schlechtes nachzureden und hat doch nichts vorzubringen gewußt. Ich hab' auch mir denkt, was du für ein Herr sein mußt, wenn dir selbst die, die dir übel wollen, nicht zukönnen. Jetzt habe ich dich gesehen und gehört, wie gut und freundlich als du bist, jetzt tät's mir fast weh, wenn du mich dir nicht dienen ließest.

Hell Gewiß, du sollst bleiben.

Anna Es schreckt mich auch nicht, daß du für einen geistlichen Herrn noch so viel jung bist.

Hell Daß ich jung bin?

Anna Ich denk', besser kann eine arme Dirn nirgends aufgehoben sein als bei dir.

Darauf **Hell** Gewiß, Anna, du denkst brav!

Anna Ich weiß nicht, aber recht wird's wohl sein.

Hell Recht und brav! (Er drückt ihr die Hand).

6.

Am Nachmittag kommt der Wurzelsepp betrunken nach Haus zu seiner Mutter, die in einer halbverfallenen Hütte etwas außerhalb des Dorfes wohnt. Die Hütte wird allgemein nur das Hexenhaus genannt und die Mutter, eine alte Kräutersammlerin, steht im Ruf einer Hexe. Sehr zu Unrecht, denn sie ist eine rechtschaffene Frau, die nur allerdings, genau wie ihr Sohn, seit dem Tode ihres Mannes im Gefängnis nie mehr eine Kirche betreten hat.

In der Hütte kommt es zu einer großen Szene zwischen Mutter und Sohn. Sie wirft ihm seinen liederlichen Lebenswandel vor, beschwört ihn, sich zu bessern und versichert ihm, daß sie sich etwas antue, wenn er eingesperrt werden würde. Der betrunkene Sepp, der zuerst versucht hat, zu widersprechen, lallt am Schluß nur noch etwas von irgendeinem Pfaffen, dem er es mal heimzahlen wird. Als Sepp eingeschlafen ist, verläßt die Mutter das Haus, um auf den Berg zu gehen und Kräuter zu sammeln. In der Dorfstrasse wird sie von den Kindern beschimpft und verhöhnt, die in typischer Kinderart ihr »alte Hexe« nachrufen. Der Pfarrer Hell, der von drinnen diesen Lärm hört – er befindet sich gerade in seinem Garten – eilt auf die Straße, weist die Kinder energisch zur Ordnung und beschützt die Mutter des Wurzelsepp.

7.

Im Garten hinter dem Pfarrhofe sitzen Brigitte und Anna. Brigitte vor einem Spinnrad und Anna mit einem Sack voll Linsen vor sich auf dem Tisch, die sie verliest. Sie singt dazu und die alte Brigitte meint, das wären ja richtige Schelmenlieder. »Mir fallen's halt alle so ein«, lacht Anna, »weil ich jetzt übermütig bin. Die reichste Bäuerin im ganzen Land schindet sich ja im Vergleich zu mir und auch ein Stadtfräulein kann nicht schöner faulenzen.« Brigitte droht freundlich, ihr den Brotkorb bald höher zu hängen, aber Anna fürchtet sich nicht und betont immer wieder, daß sie einen so guten Dienstplatz nirgends getroffen hätte. Besonders der hochwürdige Herr, das sei ein Mann, um den zu sein wäre ja eine wahre Freude! Bei dem müßt' ja der ärgste Sünder wieder ein rechter Mensch werden. Brigitte unterbricht ihre Begeisterung und hänselt sie: »Läufst etwa nicht, von wo du stehst und hebt es dich nicht vom Sitz, wenn du seine Stimme oder seinen Tritt in der Nähe hörst?«Da wird Anna verlegen und ziemlich verwirrt antwortet sie: »Das ist gewiß nicht so, das hat dir nur geträumt!«

Jetzt erscheint Hell in einem Fenster des Pfarrhofes und ruft nach Brigitte. Anna will sofort aufspringen und ins Haus gehen, doch

Brigitte fährt sie gutmütig an:»Du bleibst!«Hell, der nun erst Anna erblickt, ruft ihr zu, sie möchte doch sein Buch, das draußen in der Laube liegt, ins Haus bringen.

Anna holt das Buch und führt den Auftrag aus. Sie befindet sich nun allein in Hells Zimmer und entdeckt auf seinem Sekretär ein Schmuckstück, ein goldenes Kreuz, das an einem Bande um den Hals getragen wird. Es hat eine starke Ähnlichkeit mit dem Kreuz ihrer verstorbenen Mutter – sie nimmt es in die Hand, betrachtet es und viele Erinnerungen tauchen in ihr auf. So versunken steht sie da, daß sie gar nicht bemerkt, daß Hell das Zimmer betrat und sie schon eine Zeitlang beobachtete. Plötzlich meint er:»Regt sich die Eitelkeit ein wenig bei dir?«Anna zuckt erschrocken zusammen, erblickt ihn erst jetzt und legt das Kreuz rasch wieder zurück.»Nein, ich bin gewiß nicht eitel.«

»Na, na, na,«meint Hell lächelnd. Anna sieht ihn groß und traurig an, so daß er überrascht ganz ernst wird und sie sagt nun leise, dieses Kreuz erinnere sie nur an etwas sehr Trauriges.

8.

Am nächsten Tage befindet sich Michel wieder auf seinem Reviergang und erblickt von hoch droben auf einer Waldlichtung den Pfarrer Hell mit seinen Schulbuben, denen er in Gottes freier Natur, um nicht bei dem herrlichen Wetter in dem engen Klassenzimmer bleiben zu müssen, Religionsunterricht erteilt. Er erzählt ihnen aus der Bibel und sie hören alle andächtig zu. Und dann spielen die Buben auf einer Wiese gegeneinander Fußball und der hochwürdige Herr schiedsrichtert dabei. Und er ist ein gerechter Unparteiischer.

Da kommt der Förster Michel droben vom Gebirg von seinem Reviergang herab und unterhält sich nun mit Hell über Anna. Es freut ihn sehr, daß der Pfarrer sie für ein braves Mädchen hält. Es wird ihm ganz weich und wehmütig um das Herz, da Hell ihm nun mitteilt, daß Anna in ihrem jungen Leben schon viel Unrecht widerfahren sei. Michel meint, eigentlich sollte man nur ein armes Mädchen heiraten, denn wozu wäre der Mann da, wenn nicht zum Schutz des schwachen Weibes. Es fällt dem braven Förster gar nicht auf, daß er mit dieser Äußerung auch seiner eigenen Eitelkeit schmeichelt.

So begleitet nun Michel den Pfarrer nach Hause und wir erfahren es gewissermaßen zwischen den Worten seiner Rede, daß er Anna gern heiraten würde. Am Pfarrhaus angekommen – es dämmert bereits – begrüßt er Anna, die im Garten gerade mit der Wäsche beschäftigt ist und bittet sie, mit ihm heut Abend zum Postwirt zu gehen, wo, wie alle Sonnabende, getanzt wird. Anna jedoch lehnt die Einladung ab, obwohl ihr Hell zuredet. Aber es sei doch niemand zu Hause, schwindelt sie, der den hochwürdigen Herrn bedienen könnte, da die alte Brigitte zu Besuch bei einer Nachbarin sei. Der brave Michel verabschiedet sich etwas melancholisch.

Anna steht noch eine Weile stumm und sieht ihm nach, selbst dann noch, da er bereits um die Ecke verschwunden ist.»Nach was blickst du denn aus?« fragt Hell sie plötzlich.»Ich schaue, wie die Sonne untergeht«, erwidert sie traurig. Hell sieht sie groß an:»An was denkst du, du hast feuchte Augen«.

Anna Ich weiß nicht, ich war erst recht lustig, aber wie ich da so schaue, fallen mir auf einmal alle ein, die mir recht nahe gegangen sind und jetzt die Sonne nimmer untergehen sehen.

Hell Der Herr lasse sie ruhen in Frieden – Die letzte meiner Familie, die ich zu beweinen hatte, war meine Schwester.

Anna Die war gewiß kreuzbrav.

Darauf fährt dann der **Hell** fort: Brav, klug und schön. Sie und die Mutter, beide lebten, als ich noch Student war – ich dachte mir das so recht hübsch, wenn ich eine Pfarre bekäme, wie wir da immer beisammen leben und bleiben wollten. Eine Familie haben, ja, nur ihr angehören, ist doch etwas Schönes.

Darauf die **Anna**: Nicht wahr, oft habe ich mir schon gedacht, selbst im Himmel kommt erst die heilige Familie.

Hell (lächelnd) Meinst du?

Darauf **Anna** Ja, denn Kinder, die so zur Welt kommen, ohne daß sie oft Vater und Mutter wissen, sind doch recht traurig dran, sie machen niemand so richtig herzliche Freude, auch wenn sie brav sind – und nachher wundert sich die Welt, wenn sie keine rechten Leut werden.

Hell Das denkst du brav und klug.

Anna (sieht zu Boden) Wie du mich aufgenommen hast, hochwürdiger Herr, hast mich brav genannt, jetzt nennst du mich klug, wenn du mir noch eins sagst, so hast du mir alle guten Worte gegeben wie deiner Schwester selig.

Hell (faßt ihre Hand) Wie meiner Schwester? Ja, ganz recht, brav, klug und – schön. Aber sie war nicht so eitel wie du.

Anna (hebt überrascht den Kopf) Wie ich?

Hell (freundlich lächelnd) Ich habe doch eine kleine Eitelkeit an dir bemerkt.

Anna Wann denn? Oh, sag's hochwürdiger Herr. Ich werd' sie gewiß nimmer blicken lassen.

Hell Neulich, als du mein Zimmer in Ordnung brachtest, lag auf meinem Sekretär ein Kreuzchen mit einer Kette. Du hattest es in die Hand genommen – ich habe deine Gedanken wohl erraten, wenn ich mein', daß du es für dein Leben gern gehabt hättest.

Anna starrt ihn einen Augenblick lang an, die Tränen treten ihr in die Augen, sie kommt aber zu keiner Antwort mehr, da draußen heftig nach dem Pfarrer gefragt und gerufen wird. Es ist ein armer Bauer draußen, dessen Kuh sehr krank ist und der nun Hell bittet, sofort mit ihm in den Stall zu gehen und nachzuschauen. Hell folgt dem Bauern – und wir sehen ihn, wie er sich im Stall wie ein richtiger Tierarzt bemüht. Auch diese kleine Episode soll dazu dienen, den Charakter eines Mannes zu schildern, der es sich zu seiner Lebensaufgabe gemacht hat, seiner Gemeinde immer und überall zu helfen. –

Er hat seine Arbeit im Stall noch kaum beendet, da stürzt die alte Brigitte aufgeregt zu ihm hin und teilt ihm mit, daß es ihr schon einige Male aufgefallen sei, daß Anna nicht betet und jetzt soeben habe sie ihr auf ihre Frage erklärt, es gebe keinen Gott. Die alte Brigitte bekreuzigt sich:»Das Mädel hat die Höll´ in sich«, beteuert sie. Aber Hell meint nur lächelnd,»die werden wir ihr schon austreiben. Ich habe schon mehr Leute kennengelernt, die mal in ihrem

Leben behauptet haben, es gäbe keinen Gott. Ich wär' ein schlechter Pfarrer, wenn ich einem Dirndl nicht beweisen könnte, daß es einen Gott gibt.« Und als er Anna nun zur Rede stellt und im Ernst von ihr hört, daß sie nicht an Gott glaube, forscht er eindringlich weiter und bringt Anna durch sein gütiges Wesen dazu, daß sie ihm stockend und unter Tränen erzählt, sie glaube nicht mehr an Gott, seit ihr seinerzeit ihr Schmuckstück, das Kreuz der Mutter, weggenommen und versteigert worden sei. Das sei ganz ein ähnliches Kreuz gewesen, wie dasjenige, das auf dem Sekretär des Pfarrers liegt.»Seht's Hochwürden«, sagt Anna,»wenn ich das Kreuz wiederbekommen würde, dann würde ich wieder an Gott glauben.«

»Warum denn nur dann?« fragt der Pfarrer, und Anna antwortet, »weil ich dann wieder daran glauben könnte, daß es gute Menschen gibt.«

Mit einem plötzlichen Entschluß schenkt ihr nun Hell das Kreuzchen seiner Mutter.

Er will es ihr beweisen, daß es gute Menschen und daß es also auch einen lieben Gott gibt.

Anna, außer sich, sinkt mit ihrem Gesicht auf seine Hände und schluchzt ganz verwirrt. Sie könne doch das Kreuz nicht annehmen, sie wäre es ja gar nicht wert und das Kreuz sei schwer Gold. –

Darauf **Hell** Du sollst eben nicht denken, daß es von Gold, als vielmehr, daß es ein Kreuz ist. Ich habe es dieser Tage gedacht, wenn mir nun meine Schwester am Leben geblieben wäre, wer weiß, wäre sie noch bei mir? Ein braver Mann hätte sie von mir in sein Haus geführt und da dachte ich auch an dich; ich dachte mir, da du dich einmal zu dienen entschlossen hast, da dir hier nichts abgehen wird, daß du bei mir bleiben wirst, daß du mich nicht verlassen wirst.

Anna (gibt ihm verwirrt und errötend die Hand) Mein Lebtag nicht. (Dann zieht sie ihre Hand wieder aus der seinen) Gute Nacht, Hochwürden.

Hell Gute Nacht. Mit dir, Kind, ist der heilige Hauch des lange verlorenen Familienlebens wieder in mein Haus gezogen.

Anna (geht zur Türe und wendet sich noch einmal um) Und darf ich das Kreuzchen offen tragen, vor ganz Kirchfeld?

Hell Gewiß, warum fragst du?

Anna Ich habe nur gefragt, damit ich weiß, was dir recht ist. Nach allem andern frag' ich nimmer.

9.

Am nächsten Sonntag beim Kirchgang entdecken die Kirchfelder am Hals der Anna das Kreuz, das einige von ihnen als das Kreuz der verstorbenen Mutter des Hell kennen. Manche raunen sich bereits verschiedene Vermutungen zu, und auch der Wurzelsepp hört davon läuten. Er sorgt natürlich sofort dafür, daß es sich ganz und gar herumspricht, daß der hochwürdige Herr Hell einem jungen Mädel ein goldenes Kreuz geschenkt hat. Warum, das könne man sich ja lebhaft vorstellen. Die Stimmung schlägt gegen den Pfarrer um, man schimpft nach dem Kirchgang im Wirtshaus über ihn und man schimpft auch über die Anna. Es fallen Worte wie »die Hergelaufene« und dergleichen. Michel hört dies, verteidigt Anna und es kommt zu einer großen Rauferei, bei der er blutig geschlagen wird. Mitten in der Rauferei betritt Hell das Lokal und erfährt durch einige hämische Bemerkungen, was hier vor sich ging und geht. Er verläßt erschüttert das Haus. Der Wurzelsepp folgt ihm jedoch und schleicht ihm eine ganze Weile nach. Er sieht, wie der Pfarrer langsam mit müden Schritten auf einem Umweg nach Hause geht – da ruft er den Pfarrer an. Der hält an und fragt ihn tonlos nach seinem Wunsche. »Pfarrer, ich möcht' dir nur sagen«, antwortet der Sepp gehässig, »daß es mich freut, wie es dir jetzt geht. Hilft dir alles nix. Die Dirn ist dein Unglück. Oder leugnest du vielleicht, daß du der Anna gut bist?« Hell (sieht erschrocken und fassungslos auf ihn) –

Der Sepp Du kannst es leugnen, aber du wirst es schon spüren.

Hell (erregt) Ich stehe zu deiner Verunglimpfung, solange sie mich nicht allein betrifft. Aber dies ehrliche Mädchen laß aus dem Spiel. Es erfaßt mich ein heiliger Zorn –

Sepp (einfallend) Schrei nur herum, schrei nur zu, dann erfahrt's das ganze Dorf noch zeitlicher.

Hell Keiner denkt im Dorf wie du.

Sepp Da werden bald alle so denken wie ich. Du schenkst ihr das Kreuzel von Deiner Mutter selig und gleichwohl du das Dirndl nicht haben kannst, gönnst du es doch keinem andern! Du willst es halten und nicht lassen für dein Lebentag. Sie hat's ja selbst der alten Brigitte erzählt. Und diese Dirn' soll dir gleichgültig sein?

Hell (gepreßt): Bist du zu Ende?

Sepp Nein, mir hat's noch nicht die Red' verschlagen. Du wirst ja im Land als ein Ausbund von Frömmigkeit verschrien, aber ich habe an dich so wenig geglaubt wie an die andern.

Hell Sepp, du tust Unrecht. Auch dann Unrecht, wenn du, wie ich fürchte, nur der Feind des Kleides bist, das ich trage.

Sepp Darüber wollen wir nicht streiten. Du trägst es ja einmal doch.

Hell Das Kleid macht nicht den Mann und nicht darauf kommt es an im Leben, was wir sind, sondern wie wir es sind.

Sepp Das glaube ich selber; mit dem Gewand aber mußte das sein, was ich meine; (mit Schadenfreude) ja, Pfarrer, du mußt es sein, mußt, wenn du gleich nicht wolltest – mußt, ob dir's jetzt das Herz abdrücken will, oder ob du in den Boden hineinstampfst – Du mußt.

Hell Mensch, was liegt auf dem Grund deiner Seele; woher dieser gehässige feindselige Jubel?

Darauf der **Sepp** Weil es mich freut.

Und nun erfahren wir es, warum der Wurzelsepp und seine Mutter nie wieder eine Kirche betreten. Der Vater des Sepp wurde nämlich durch den Vorgänger Hells angezeigt und also ins Gefängnis gebracht, wo er dann verstorben ist. »Hilft dir alles nix«, fährt der Sepp nun mit gehässiger Schadenfreude fort, »die Dirn ist und bleibt dein Unglück. Ich weiß, du planst dir jetzt tausend Auswege – aber du hast nur zwei Wege: Du kannst die Anna entweder in Unehren halten und mußt fort von Kirchfeld, oder du kannst sie mit Herzleid fortziehen lassen, und dann ist dir Kirchfeld und die ganze Welt nichts mehr. Einen dritten Weg hast du nicht. Siehst, Pfarrer, da habe ich dich und habe dich so sicher, daß ich dich nicht einmal zu halten brauch'.«

Mit diesen Worten läßt er Hell stehen.

10.

Im Pfarrhaus macht die alte Brigitte Anna heftige Vorwürfe, sie wäre das Unglück des hochwürdigen Herrn. Über beide würden im Dorf schon die wildesten Gerüchte verbreitet, so daß die Leut' schon den ganzen Respekt vor dem Pfarrer an den Nagel gehängt hätten – sogar im Wirtshaus sei gerauft worden, was doch nicht mehr der Fall gewesen wäre, seit der hochwürdige Herr Hell auf der Pfarre ist.»Und heut' in der Predigt wirst selber bemerkt haben, wie alle auf dich geschaut, sich zugeblinkt und wie sie untereinander geplaudert haben, während doch sonst, während der Pfarrer redet, es in der Kirch' totenstill war.«

Anna schluchzt außer sich und bittet Brigitte, doch um Gotteswillen nichts Unrechtes von ihr zu denken. Sie könne ja nichts dafür und sie weiß ja gar nicht, wie das alles gekommen ist. Auch die alte Brigitte wird gerührt und weint mit und meint»da hat der Teufel seine Hand im Spiel«:»Es soll doch wirklich in der Welt nur Männer oder nur Weiber geben, alle zwei zusammen tun nie was Gutes.« –

11.

Wurzelsepp ist wieder in das Wirtshaus zurückgekehrt und hält dort große flammende Reden gegen den Pfarrer, die allgemein beifällig aufgenommen werden. Mitten in seiner Hetzerei wird er aber von Michel und einem Gendarmen unterbrochen, die ihn verhaften wollen. Der Gruberfranz ist nämlich der Hehlerei überführt worden und hat eingestanden, Gewildertes vom Wurzelsepp bezogen zu haben. Sepp flieht vor dem Gendarmen, zuallererst in seine Hütte und nimmt dort von seiner entsetzten Mutter kurz Abschied. Inzwischen wurde aber die Hütte bereits von Gendarmen und Förstern umstellt. Er schießt durch das Fenster, trifft jedoch niemanden und flieht dann in die Berge hinauf.

Die Mutter ist über all diese Ereignisse furchtbar entsetzt und begeht Selbstmord im Wildbach.

12.

Es regnet in Strömen, es ist ein grauer Tag und in dem Zusammenleben der drei Leute im Pfarrhaus hat sich alles geändert. Der Pfarrer spricht mit Anna kaum ein Wort. Er bemüht sich sogar, ihr soviel wie möglich aus dem Weg zu gehen. Wenn Brigitte gezwungen ist, mit Anna zu reden, so geschieht das so, daß diese bemerken muß, wie sehr Brigitte sich Anna gegenüber zurückhält.

Als Michel, der von der Rauferei her noch verbunden ist, an dem Haus vorbeigeht, bemerkt ihn Anna und läuft zu ihm hinaus und muß nun hören, daß die ganze Prügelei daher gekommen ist, daß die Dorfleute von dem Kreuz erfahren hätten, das der Pfarrer ihr geschenkt haben soll – aber er glaube das noch immer nicht. Jetzt wird Anna klar, in welche Lage der Pfarrer durch ihr bloßes Hiersein geraten ist. Sie bedankt sich bei Michel, der, mutig geworden durch ihre Freundlichkeit, ihr seine Liebe erklärt, und Anna entschließt sich, seinen Antrag anzunehmen. Sie bringt dieses Opfer, um damit den Pfarrer zu retten.

So tritt sie nun sogleich mit Michel vor den Pfarrer hin und erklärt ihm mit innerem Zittern, daß sie sich soeben mit Michel versprochen habe.»Es war' auch nichts Unüberlegtes«, sagt sie und sieht Hell fest an. Michel lacht:»Das gewiß nicht, ich weiß, wie ich hab' zureden müssen.«

»Du willst fort?« fragt Hell Anna,»weißt du auch, daß ich das Vertrauen meiner Pfarrkinder eingebüßt habe? Weißt du auch, daß sich alle von mir gewendet haben?« Anna nickt traurig.

Hell Und doch, wenn dieser Tag zu Ende geht, so habe ich keine einzige Seele, kein einziges Herz mehr zu verlieren. Lebt wohl (er verläßt rasch das Zimmer und ruft nach Brigitte). Schnell, meinen Rock, meinen Hut, dann kannst du das Tor schließen. Ich komme erst morgen wieder.

Brigitte (äußerst erschrocken) Aber hochwürdiger Herr, du wirst doch nicht in der Nacht spazieren gehen, denk' das Gered' im Dorf wird ja immer größer, wenn dich vielleicht einer sieht.

Hell (hat nun seine Ruhe wiedergewonnen) Nun Alte, dann hat er einen schwachen, aber ehrlichen Mann gesehen, der sich selbst aus dem Wege geht.

13.

Im Innersten durchwühlt schreitet der Pfarrer durch die Nacht. Er verläßt das Dorf und steigt in den Wald immer höher und höher empor – vorbei an den Bergwiesen, wo er den Schulbuben Unterricht gab. Es ist eine stürmische Nacht und plötzlich sieht er sich dem Wurzelsepp gegenüber, der ihn gleich sehr gehässig anfährt, er könne doch die Gendarmen heraufschicken, denn das sei ja seine Pflicht als Diener der Liebe. »Zeige mich genau so an«, brüllt er, »wie mein Vater angezeigt wurde, der dann im Gefängnis gestorben ist.« Hell sieht ihn jedoch nur groß an, schüttelt verneinend den Kopf und fragt ihn dann leise: »Du hast mir halt zugerufen: zwei Wege ins Elend und keiner ins Freie – und doch, sieh' ich gehe den dritten Pfad, den Weg des Leidens zur Pflicht und auf diesem begegne ich dir. Als ich dieses Kleid anzog, habe ich dem traurigen Anrecht des Hasses, wieder zu hassen, entsagt.« Nun erzählt er dem Sepp, daß seine Mutter Selbstmord begangen habe aus Gram über ihren Sohn. Sepp wankt, beherrscht sich jedoch sofort und ruft dem Pfarrer zu: »Alles Lüge!« Da donnert ihn Hell an: »Was willst du denn, daß du mir so sprichst, wo zur nämlichen Stunde da unten in deiner Hütte der Leib aufgebahrt wird, der dich getragen, da das Herz stille steht, unter dem du gelegen, da die Augen gebrochen sind, die manche kummervolle Nacht über dich gewacht haben und da die Lippen geschlossen sind, die oft für dich gebetet.«

So läßt er den Wurzelsepp im Äußersten getroffen stehen.

Sepp schleicht sich noch in derselben Nacht in das Dorf zurück, um von seiner toten Mutter Abschied zu nehmen. In der Hütte erblickt er sie durch die Fensterscheiben aufgebahrt liegen und, durch den großen Schmerz überwältigt, begibt er sich noch in derselben Nacht heimlich zum Pfarrhof und erfährt dort durch Brigitte, die ihn in der Finsternis nicht erkennt, daß der Pfarrer nicht zu Hause sei. So wartet nun der Wurzelsepp auf ihn vor dem Haustor und als endlich Hell erscheint, bittet er ihn stockend um ein ehrliches christliches Begräbnis für seine Mutter. Der große Schmerz bricht plötzlich aus ihm heraus; er sinkt vor dem Pfarrer in die Knie und fleht ihn an, seine Mutter nicht als Selbstmörderin außerhalb des Friedhofs verscharren zu lassen. »Sepp, was willst du denn aus mir machen«, fährt ihn der Pfarrer an und faßt ihn mit beiden Händen an

den Schultern, »nicht dir noch irgend einem weigere ich die geweihte Erde für seinen Toten. Oh, Sepp, kennst du mich denn gar so
wenig, daß du nicht wüßtest, bevor du deine Bitte vorgebracht, daß
ich ihr nichts nehmen werde, nicht kann, ja, nicht darf! Deine Furcht
war kindisch, deine Bitte ehrt dich, deine arme Mutter soll ehrlich
begraben werden.« Sepp sieht ihn groß an: »Verzeih mir, Pfarrer, so
hab' ich dich nicht geglaubt, aber du redest ganz anders als der
frühere. Aber die Leut' im Ort denken vielleicht doch nicht so wie
du.«»Ich werde die Leiche zu Grabe geleiten«, beruhigt ihn Hell.
»Ich werde für die Tote sprechen. Ich werde die Gemeinde für sie
beten lassen und alle werden sie ›Amen‹ sprechen und keiner wird
ihr die geweihte Scholle neiden.« Sepp faßt Heils Hand zaudernd in
seine beiden: »So tust du an mir? Das vergeß' ich dir all' mein Lebtag nicht.« Er wendet sich langsam eben und will gehen. Doch Hell
ruft ihn noch einmal zurück: »Noch eins, Sepp, ich habe an dich
eine Bitte«. Sepp hält überrascht: »Du an mich?« Hell: »Wenn man
die Leiche deiner Mutter zur Kirche bringt, dann wirst du nicht
außen bleiben können, du wirst sie nach langer Zeit wieder einmal
betreten müssen. Solltest du etwa Stimmen um dich und Flüstern
hören, so du nun doch einmal dort bist, so bitte ich dich, verzeihe
das, laß dir deinen Schmerz nicht durch ein Gefühl der Demütigung
verbittern, denn du kommst ja nicht zu mir.« – »Du redest einem in
die Seele hinein«, murmelt der Sepp ergriffen, »als ob du wüßtest,
was einer sich zu tiefst drinnen denkt. Oh, du mein Gott, wenn du
früher gekommen wärest, ich wär' nicht so, wie ich jetzt bin.« Hell:
»Und mußt du denn so bleiben, wie du bist, Sepp? Ich habe dich
lange gesucht und du wolltest dich nicht finden lassen und heute
suchtest du mich und ich glaube, du hast mich gefunden, wie du
mich gesucht hast. Geh du nicht von mir, ohne mich gehört zu haben.« – Und nun fordert ihn Hell auf, sich freiwillig der irdischen
Gerechtigkeit zu stellen. Sepp sagt nicht »nein«, nicht »ja« und verläßt tief in Gedanken versunken den Pfarrer.

14.

Auf dem Friedhof zu Kirchfeld ist ein frisches Grab mit einem
armseligen Holzkreuz und nur wenigen Blumen. In der Kirche liest
Hell die erste Seelenmesse für die Verstorbene, und die Orgelklänge
und Chorgesang schallen weit über das kleine Dorf hinaus. Der

Wurzelsepp erscheint nun auf dem Friedhof mit einem kleinen Strauß Alpenblumen und legt ihn auf das Grab seiner Mutter. Kurze Zeit verweilt er dort im Gebet, dann lauscht er den Orgelklängen und wendet sich langsam dem Kirchentor zu, betritt die Kirche, hält an, sieht sich um wie ein Kind, das wieder heimgefunden hat, erblickt plötzlich in der vollen Kirche (das Mitleid des ganzen Dorfes hat sich nämlich plötzlich seiner armen toten Mutter zugewendet und es wurde beschlossen, daß sich jeder an dem Begräbnis zu beteiligen hat) den Förster Michel und zwei Gendarmen. Er stockt und zögert einen Augenblick. Dann fliegt aber ein Lächeln über sein Gesicht und er schreitet festen Schrittes durch die ganze Kirche bis zum Altar. Alle Blicke wenden sich ihm zu. Es entsteht ein Raunen in der Kirche. Der eine Gendarm macht Miene, ihn gleich zu verhaften, der Michel flüstert ihm zu:»Später! Hernach!« Der Sepp kniet vor dem Altar nieder und nun wird er auch von Hell entdeckt, der ihn anschaut, als wolle er sagen»Bist also doch wiedergekommen.«

15.

Nach dem Seelenamt nähert sich der Sepp vor der Kirche den Gendarmen und bittet sie, ihn zu verhaften. Er zieht nun auch öffentlich alle seine Beschuldigungen gegen den Pfarrer zurück und erklärt, Hell hätte ihm den Weg zum Guten gewiesen. Die Gemeinde ist von diesem Geständnis stark beeindruckt.

16.

Als Hell nach Hause kommt, sieht er Michel und Anna im Garten sitzen. Als Anna ihn erblickt, läßt sie Michel allein und tritt auf Hell zu und erklärt ihm, sie müsse ihm etwas Wichtiges mitteilen. Er führt sie in das Pfarrzimmer.»Ich habe dir zugelobt«, sagt sie,»daß ich dir treu diene und ich meine zu Gott, ich kann dir nicht treuer dienen, als wenn ich jetzt gehe, und so geh ich, wie du mich da siehst, für immer aus dem Pfarrhof, hinaus auf den Lebensweg« – »Suchst auch du deine Stärke in der Pflicht und mahnst mich an die meine«, nickt ihr Hell zu,»du bist mir wenigstens echt geblieben. Geh denn mit Gott!«

Nun bittet Anna ihn, daß er selbst sie vorm Altar traue, er solle ihnen keinen andern schicken.»Und zeige mir, daß du zufrieden mit mir bist«, bittet sie ihn noch,»und sage mir auch jetzt zum letzten die lieben Worte, die du mir zum ersten gesagt hast, wie du mich aufgenommen hast bei dir, sage mir, daß ich auch da recht gedacht habe und brav.«»Recht und brav«, lächelt Hell erschüttert.

17.

Durch dieses Opfer, das Anna dem Hell gebracht hat, hat sie ihn vor seiner Gemeinde gerettet. Die Kirchfelder hängen nun wieder mit einer schwärmerischen Liebe an ihrem Pfarrer.

Die Hochzeit Michels und Annas wird sozusagen zu einem Volksfest. Das ganze Dorf beteiligt sich an ihr, ja, sogar von benachbarten Dörfern kommen Besuche und auch die Kollegen Michels sind zahlreich vertreten. Hell und Anna leiden unter der lärmenden Freude. Anna, da sie Hell noch immer liebt, und Hell, der es weiß, daß Anna für ihn ein Opfer gebracht hat. Nun knien Michel und Anna vor dem Altar und über ihnen steht der Pfarrer, der sie zusammengibt. Einmal noch treffen sich Heils und Annas Augen und aus seinem gütig-lächelnden Blick schöpft sie neue Kraft und es wird ihr bewußt, daß sie beide den»dritten« Weg gehen, den Weg des Leidens zur Pflicht.

Über tredition

Eigenes Buch veröffentlichen

tredition wurde 2006 in Hamburg gegründet und hat seither mehrere tausend Buchtitel veröffentlicht. Autoren veröffentlichen in wenigen leichten Schritten gedruckte Bücher, e-Books und audio-Books. tredition hat das Ziel, die beste und fairste Veröffentlichungsmöglichkeit für Autoren zu bieten.

tredition wurde mit der Erkenntnis gegründet, dass nur etwa jedes 200. bei Verlagen eingereichte Manuskript veröffentlicht wird. Dabei hat jedes Buch seinen Markt, also seine Leser. tredition sorgt dafür, dass für jedes Buch die Leserschaft auch erreicht wird.

Im einzigartigen Literatur-Netzwerk von tredition bieten zahlreiche Literatur-Partner (das sind Lektoren, Übersetzer, Hörbuchsprecher und Illustratoren) ihre Dienstleistung an, um Manuskripte zu verbessern oder die Vielfalt zu erhöhen. Autoren vereinbaren direkt mit den Literatur-Partnern die Konditionen ihrer Zusammenarbeit und partizipieren gemeinsam am Erfolg des Buches.

Das gesamte Verlagsprogramm von tredition ist bei allen stationären Buchhandlungen und Online-Buchhändlern wie z. B. Amazon erhältlich. e-Books stehen bei den führenden Online-Portalen (z. B. iBookstore von Apple oder Kindle von Amazon) zum Verkauf.

Einfach leicht ein Buch veröffentlichen: **www.tredition.de**

Eigene Buchreihe oder eigenen Verlag gründen

Seit 2009 bietet tredition sein Verlagskonzept auch als sogenanntes "White-Label" an. Das bedeutet, dass andere Unternehmen, Institutionen und Personen risikofrei und unkompliziert selbst zum Herausgeber von Büchern und Buchreihen unter eigener Marke werden können. tredition übernimmt dabei das komplette Herstellungs- und Distributionsrisiko.

Zahlreiche Zeitschriften-, Zeitungs- und Buchverlage, Universitäten, Forschungseinrichtungen u.v.m. nutzen diese Dienstleistung von tredition, um unter eigener Marke ohne Risiko Bücher zu verlegen.

Alle Informationen im Internet: **www.tredition.de/fuer-verlage**

tredition wurde mit mehreren Innovationspreisen ausgezeichnet, u. a. mit dem Webfuture Award und dem Innovationspreis der Buch Digitale.

tredition ist Mitglied im Börsenverein des Deutschen Buchhandels.

Dieses Werk elektronisch lesen

Dieses Werk ist Teil der Gutenberg-DE Edition DVD. Diese enthält das komplette Archiv des Projekt Gutenberg-DE. Die DVD ist im Internet erhältlich auf **http://gutenbergshop.abc.de**

Zeitfracht Medien GmbH
Ferdinand-Jühlke-Straße 7
99095 Erfurt, Deutschland
produktsicherheit@kolibri360.de